KB059230

복슬복슬천국
이네요!
복슬복슬해요,
복슬복슬!
폭신폭신하고
부드러워요!

God bless m
저, 능력은 평균치로 해달라고 말했
"너무 약하네요,
이곳 헌터들!"
"쉬이잇~!
올리아나
마르셀라
"쉬잇~!"
모니카

18
저, 능력은 평균치로 해달라고 말했잖아요!
God bless me?

【현대 일본】

고등학생. 어린 소녀를 구하고
이세계로 전생했다.

헌터 파티『붉은 맹세』

이세계에서 '평균적'인
능력을 부여받은 소녀.

검사. 헌터 파티
'붉은 맹세'의 리더.

헌터. 치유 마법 구사자.
상냥한 소녀지만…….

레나

성격 강한 소녀 헌터.
공격 마법이 특기.

헌터 파티 『원더 쓰리』

귀족의 딸. 아델의 친구.
'원더 쓰리'의 리더.

상인의 딸. '원더 쓰리'의 한 멤버로,
마르셀라와는 어릴 때부터 친구.

머리가 좋아 「원더 쓰리」의 참모격.
마르셀라에게 갚을 은혜가 있다.

브란델
왕국
바노라크 왕국
카라미테이
왕도
티루스 왕국
'붉은 맹세' 등록국
여인숙 사건이
일어난 마을
아스컴으로
돌아가는 반환점
아스컴령
왕도
마일이
헌터 등록한 마을
침공군
왕도
샤레이라즈
마일의 신전
클로트
제도
산악지대
아르반 제국

오브람 왕국
왕도
트리스트 왕국
왕도
마레인 왕국
도시
도시
마판
왕도
드워프 마을
그레데마르
God bless me?
WORLD MAP

지난 줄거리

아스컴 자작가의 장녀 아델 폰 아스컴은 열 살이 되던 어느 날, 강렬한 두통과 함께 모든 것을 기억해냈다.

자신이 예전에 열여덟 살의 일본인 쿠리하라 미사토였다는 것과 어린 소녀를 구하려다가 대신 목숨을 잃었다는 것, 그리고 신을 만났다는 사실을…….

너무 잘나서 주변의 기대가 커, 자기 생각대로 살 수 없었던 미사토는 소원을 묻는 신에게 이런 부탁을 했다.

"다음 인생에서 능력은 평균치로 부탁드립니다!"

그런데 뭐야, 어쩐지 이야기가 좀 다르잖아!

나노머신과 대화를 나눌 수 있고, 인간과 고룡의 평균이어서 마력이 마법사의 6,800배?!

처음 다닌 학원에서 소녀와 왕녀님을 구하기도 하고.

마일이라는 이름으로 입학한 헌터 양성 학교에서 동급생들과 결성한 소녀 사인조 파티 『붉은 맹세』로 대활약!

그녀들은 사람들을 구하고 아이들을 구한다.

끝에 가서는 선사 문명에서 남겨진 슬로 워커의 부탁을 받아들여 수많은 헌터와 인간들, 엘프, 드워프, 수인, 마족, 고룡들과 함께 이차원에서 쳐들어온 강대한 침략자들을 쓰러트리고 이 세계를 지켜낸다!

하지만 승리한 그녀들은 구세주로 숭배받게 되고…… 지루한 일상에서 도망친 그녀들은 고룡을 타고 신대륙으로!

마일을 비롯한 『붉은 맹세』의 새로운 모험의 나날이 시작된다!

God bless me?

CONTENTS

제126장 수납마법

"어떻게 할까요……."

이 근방의 마물이 강한 까닭은 신체 능력 때문이 아니라 머리가 영리한 게 원인이다.

독자적으로 조사한 결과, 그런 결론에 다다른 『붉은 맹세』였는데…….

"길드 마스터한테 말해도 소용없을 거예요. 이곳 사람들한테는 그게 일반적인 걸 테니 『뿔토끼의 함정에 빠졌어!』라든지 『오크랑 오거가 2인 1조로 움직여!』 하고 말해봐야 그게 뭐 어쨌느냐는 식으로 나오겠죠……."

"그래, 그게 평소 모습일 테니까……. 이상하게 인식하지 않겠지……."

""…………….""

마일과 메비스의 지적에 입을 꾹 다무는 레나와 폴린.

"그런데 이유가 뭘까요? 왜 이 부근의 마물은 저렇게 머리가 좋을까요? 그리고 **언제부터 그랬을까요**……."

""""…………….""""

폴린의 의문에 아무도 답변할 수 없었다.

그리고 마일이 불쑥…….

"먼 옛날에 이차원 세계에서 온 마물이 전 세계에 퍼져 온난한 이 세계에서 퇴화하고 약체화된 듯하다는 건 짐작이 가고, 실제로 구대륙의 마물과 이번에 침공한 마물은 신체 능력이 확연히 달랐어요. ……게다가 지능에 큰 차이가 없었고요. 반대로 인간종과 전투가 벌어지는 이쪽 세계의 마물 쪽이 좀 더 지혜가 있을 정도죠. 따라서 예상해 볼 수 있는 건……."

"여기 온 이후에 머리가 좋아졌다는 말이지?"

역시 레나, 이해력이 빠르다.

"그리고 그건 그렇게 먼 옛날의 일이 아니라는……."

"앗? 그걸 어떻게 알아요?"

폴린의 의문에는 메비스가 대답했다.

"먼 옛날부터 마물의 머리가 좋았다면 이 대륙의 인간종은 이미 예전에 멸종했거나 아니면 마물이 별로 없는 지역에서 근근이 목숨을 이어갔을 테니까."

"아, 그렇군요……."

그렇다, 아무리 인간의 두뇌에는 한참 못 미쳐도, 조금 영리한 마물이 많이 서식하고 있다면 인간종은 마물에게 밀려 이 대륙의 지배권을 잃어버렸겠지.

크고 강인한 몸.

강대한 파워.

뛰어난 체력.

강한 번식력.

그리고 그중에는 마법을 쓸 줄 아는 개체도 있다.

그런 마물들을 상대로 구대륙에서 인간종이 우위에 서 있을 수 있는 건 마물이 멍청하고 협조성이 없는 덕분이다.

그러니까 마물에게 아주 조금이라도 지혜가 생긴다면…….

"그리고 그건 갑자기 일어난 일이 아니겠죠."

"응……."

마일과 메비스가 말한 대로 만약 그게 갑자기 일어난 일이라면 당연히 큰 소란이 일어났을 것이고, 그 사실을 길드 마스터가 말해주지 않았을 리 없다.

다시 말해서 이는 수백 년, 수천 년이라는 세월에 거쳐 서서히 진행된 일이라 아무도 그 변화를 알아차리지 못했다는 뜻이리라.

또한, 지금도 마물들은 계속 머리가 좋아지고 있을 가능성이…….

""""""…………."""""""

그 사실을 깨달았는지 심각한 표정으로 입을 다무는 네 사람.

"……하지만 그렇게 걱정할 필요는 없어요! 지금까지 어떻게든 해왔으니까 앞으로도 몇 년, 수십 년 안에 뭐가 어떻게 되지는 않을 거예요. 또 마물이 진화하고 머리가 좋아진다고 해도, 우리 인간종 역시 진화하고 머리가 좋아지니까요. 지금보다 더 고성능에 우수한 무기와 방어구, 강고한 방벽 그리고 인구가 늘어나 인간종이 마물을 압도할 수 있을 거예요!"

"……듣고 보니 그러네. 우리가 꼭 하나부터 열까지 다 신경 쓸 필요는 없고, 이 대륙과 전 세계 그리고 미래의 모든 인간종에게 맡기면 그만이야. 우리는 그중에 한 일원으로서 우리가 해야 할 일을 할 뿐이고. 어차피 우리끼리 어떻게 할 수 있는 문제도 아니니까…….”

“네. 일단은 원래 계획했던 대로 느긋하게 가자고요!”

“““하앗!”””

예전 같았으면 좀 더 폿내나는 말을 했을지도 모른다.

하지만 지금의『붉은 맹세』네 사람은 반년에 걸쳐 귀족 교육을 받았고 자신이 지켜야 할 영지와 영민들이 있는 몸이었다.

……지금은 대관에게 맡겨둔 상태니까 절대 방치한 게 아니다. (라고 다들 생각하고 있다).

그래서 자신이 할 수 있는 일과 할 수 없는 일, 영주의 재량을 넘어 국왕 폐하에게 맡겨야 하는 일과 단념하고 받아들일 수밖에 없는 일 등을 잘 이해하고 있었다.

요컨대『성장했다』라는 뜻이다.

그래서 마물이 얼마나 강한지는 일단 보류하기로 한『붉은 맹세』일동이었다.

“……그리고 말이죠, 느긋하게 하는 건 좋은데 아무리 그래도 F등급인 게 좀……. 그럼 상시 의뢰로 마음껏 사냥하는 건 둘째 치고, 통상 의뢰로 토벌 쪽을 받을 수가 없잖아요? 호위 의뢰 같은 건 당연히 논외고. 그럼 멀리 나갈 때 호위 의뢰를 받아서 이동과 돈벌이를 동시에 한다거나, 습격당하면 구해주는 조건에 마차를 공짜로 얻어타기가…….”

“불가능하죠……. 그리고 그렇게 되면 왕도까지 걸어서 가거나 돈을 내고 승합 마차를 타는 수밖에…….”

“““““…………..”””””

다들 주머니 사정이 나쁘지도 않으면서 돈을 내고 마차를 타는 것에 강한 거부감을 느끼고 있었다.

……그렇다, 지금까지 마차는『호위 의뢰로 오히려 돈을 받고』 탔던 만큼, 머리로는『그냥 돈 내고 타면 되지』라고 생각하면서도 무슨 영문인지 순순히 받아들이기 힘들었다.

인간은 누구나 그런 법이다.

“……뭔가 좋은 방법을 생각해보자고요. 그때까지는 당분간 여기서 머무르는 걸로…….”

폴린의 제안에 고개를 끄덕이는 레나 일행이었다.

“……아!”

“뭐, 뭐야, 갑자기…….”

돌연 소리친 마일 때문에 놀라서 살짝 기분이 언짢아진 레나.

하지만 이어지는 마일의 말에 그대로 굳고 말았다.

“레나 씨와 폴린 씨의 수납마법 적성을 확인하는 걸 깜빡 잊고 있었어요…….”

“““……아!”””

이번에는 레나와 폴린이 소리를 질렀다.

“그, 그런 엄청나게 중요한 걸 잊다니……. 아아아아아, 상인 실격이에요!”

“정신이 나갔네. 헌터한테 수납마법 습득이 얼마나 중요한지 뼈저리게 잘 알면서, 제일 먼저 확인해야 하는 걸 깜빡하다니…….”

자기도 믿기지 않는다는 표정을 짓는 폴린과 레나.

"어, 어쩔 수 없죠. 신천지에 온 뒤로 정신이 없었고, 연이어 이런저런 일이 있었으니까요……. 일단 당장 내일 확인해봐요. 아무리 수납마법이라지만 숙소에서 마법 실험을 하는 건 위험하니까……."

그 말이 옳았기에 폴린과 레나도 시큰둥하게 고개를 끄덕였다.

사실은 지금 당장 시도하고 싶었겠지.

하지만 아공간을 제어하는 고위 마법에 실패했을 때 무슨 일이 일어날지 알 수 없다.

두 사람은 뛰어난 마술사이기에 마일의 지적에 반론할 수 없었으리라.

"그런 표정 짓지 마요! 무섭단 말이에요! 여하튼 내일 근처 숲에 가서 확인 작업을 해보자고요."

""…………….""

레나와 폴린은 내일 있을 일을 생각하니 오늘 밤 도저히 잠들 수 없을 것만 같았다.

*　*

"끄으응……."

"으으윽……."

다음 날, 항구도시 근처의 초보 헌터들이 애용하는 숲속에서 상당히 고전 중인 레나와 폴린.

예전에 마일이 수납마법을 가르쳐줬을 때는 폴린이 일단 아공간을 형성하는 데 성공했었지만, 용량이 너무 작았던 데다 아주 짧은 시간 동안만 유지됐었다.

게다가 레나로 말하자면 아공간을 형성하지도 못했다.

그래서 레나는 우선 아공간 형성 훈련을 했고, 폴린은 형성한 아공간에 조약돌을 넣고 좀 더 오래 안정적으로 유지할 수 있도록, 마일이 폴린의 집중력을 흐트러뜨리려고 말을 걸거나 어려운 문제를 풀게 하는 등 건드리고 있었다.

……하지만 성과가 좀처럼 나오지 않았다.

"레나 씨, 제가 수납에 넣고 꺼내는 걸 늘 봐오셨잖아요! 그걸 머릿속에 그리면서 이렇게, 공간에 시공 연속체의 균열을 만들고 그걸 확 잡아서 늘리는 느낌으로……. 그리고 거기에 창고랑 선반을 만들고……. 그 왜, 『마음속에 선반을 만들어라!』*라는 말이 있는 것처럼요……."

"마지막 그 말 때문에 그림이 그려지다 말았다고!"

그렇게 말하며 뾰로통한 표정을 짓는 레나.

시공 연속체가 무엇인지 모르는 레나에게 마일의 설명은 구체성이 너무 없었다.

왜 그런 말이 있지 않은가. 『머리 좋은 사람은 선생님으로 적합하지 않다』라는…….

이해력이 좋은 사람은 이해력이 부족해 좌절하는 사람을 이해하지 못하는 법이다. 무엇을 모르는지, 왜 이해하지 못하는지…….

---

*만화 『불꽃 전학생』에 나오는 유명 대사.

"폴린 씨는 아공간을 만드는 건 성공하셨죠……. 그럼 이제 용량을 늘리고, 무슨 일이 있어도 아공간을 무너뜨리지 않고 계속 유지할 수만 있다면……. 동요하든, 딴 데 정신이 팔리든, ……그리고 잠이 와도……. 자, 간질간질……."

그렇게 말하면서 폴린을 간지럽히는 마일.

"으, 으윽, 아흥, 읍……, 아하하하학!"

폴린 앞에 돌멩이가 우수수 쏟아졌다. ……아무것도 없는 공간에서…….

"아무 일도 없으면 예전보다 약간 길게 유지되지만……. 마음이 흐트러지면 바로 무너지는 건 여전하네요……. 이러면 수납마법 구사자로서 달걀 수준이지, 아직 햇병아리의 영역에도 못 들어가요. ……어엿한 수납마법 구사자라고 명함 내밀 수준은 당연히 절대 아니고요. 그리고 레나 씨는 아공간을 만들 수 있을 때까지는 달걀조차 아니에요."

"""으윽……."""

분한 표정으로 신음하는 레나와 폴린.

수납마법을 습득하는 것은 헌터로 활동하는 데 있어서 굉장한 이점이 있다.

물론 상인도 마찬가지고…….

그래서 쉽게 포기할 수 있는 게 아니었다. 레나와 폴린이 얼굴을 새빨갛게 붉히고 계속 끙끙거리는 것도 무리가 아니리라.

"이 정도 일로 포기하진 않아! 내가 지금까지 마법 실력을 갈고닦느라 얼마나 고생했고 얼마나 노력했다고 생각해?! 수납마법을 구사하는 코치가 옆에 붙어서 가르쳐주는 이 기회를 그냥 날릴 것 같아?!"

"맞아요! 헌터로서 그리고 상인으로서, 꿈이자 동경인 수납마법! 이 기회를 놓친다면 일류 상인이 될 자격이 없어요! 저는 피를 토하는 한이 있어도 포기하지 않고 물고 늘어질 거예요!"

그렇게 말하며 기염을 토하는 레나와 폴린.

아마도 수납마법을 쓸 수 있게 될 때까지 며칠이든 계속 훈련할 생각인 게 틀림없다…….

"……힘들겠지만 두 사람 모두 파이팅!"

그리고 혼자 남 일 보는 듯한 표정인 메비스.

메비스는 마법을 쓸 수 없기 때문에 수납마법 훈련에 참여하지 않았다.

마법 천재인 레나, 수납마법을 익힐 수만 있다면 악마에게 영혼이라도 팔겠다고 귀기 어린 표정으로 단언한 폴린조차 저렇게 고전하고 있다. 그러니 마법을 아예 못 쓰는 메비스가 자신이 나설 때가 아니라고 생각하는 것도 당연했다.

"수납마법이라……. 있으면 편하긴 하지……. 우리 검사는 마술사와 달리 무기와 방어구가 무겁고 부피도 커서 짐이 되니까……. 마시는 물 소비량도 많은데 거기에다 다른 장비들이랑 사냥감까지 짊어지게 되면 힘들어……. 모두와 함께 있을 때야 물 걱정이 없지만, 유사시에 『물은 안 갖고 있어요』라고 할 수는 없으니까……. 마술사보다 체력은 좀 더 있을지 몰라도 그런 건 상쇄되고 더 마이너스라고……."

마술사조에 비해 마일의 지도에 의한 은혜가 적은 메비스, 살짝 자포자기하는 느낌이었다.

"적어도 예비 검 같은 걸 수납할 수 있으면 좋겠는데. 마일의 허풍 동화에 나오는 것처럼……. 이렇게, ……왼팔(몸)은 기계(철)로 되어 있는……."

그리고 아무 생각 없이 허리에 찬 검을 뽑아 허공을 푹 찔러보는 메비스.

스르륵…….

검이 사라졌다. 허공에 빨려 들어가듯…….

"……앗?"

소중한 애검이 사라졌다…….

보통 일이 아니다.

"으아아악! 검! 검, 돌아와~~~~!"

스르륵

……돌아왔다.

"…………."

다시 나타난 애검에 어안이 벙벙한 메비스.

그리고…….

"""""……."""""

"""""…………."""""

"""""………………."""""

"""""이게, 무스ㅇㅇㅇㅇㅇㅇ은~~~!."""""

레나, 폴린, 마일이 소리쳤다.

설마 했던 메비스가 수납마법을 터득한 것이다…….

＊ ＊

그 후 검증 작업을 통해 메비스는 수납마법을 완전히 익혔고, 전혀 의식하지 않아도 아공간을 유지할 수 있다는 사실이 확인되었다.

……그렇다, 다른 생각을 하든, 잠이 오든, 수납마법이 쭉 유지되는 것이다.

용량도 상당히 컸다.

'……그러고 보니 메비스 씨는 마법 재능이 있었죠. 오스틴 일족의 유전 특성으로, 체외로 마법을 방출하는 건 불가능하지만 신체 강화 마법이라든지 검을 보조 도구로 쓰는 윈드 엣지 습득. 그리고 스스로 고안해 낸, 타인에 대한 구전 치유, 불꽃 공격마법 『요가 파이어(내가 불꽃의 화신이다!)』, 메비스 링(고리 결계) 등 유연한 사고력과 강한 신념과 정신력을 보여줬어요. 게다가 제가 들려준 일본 전래 허풍동화에 나오는 명검, 신검 등에 대한 동경과 상상력으로 **그것**의 존재를 머릿속에 강하게 그리고 그 『존재』를 굳게 믿었죠……. ……네, 『고유 결계(무한의 검제)』의 존재를……. 메비스 씨는 특수 처리된 모체(애검)가 없으면 체외로 마법을 방출…… 나노머신에게 지시하기 위한 정신파를 발진……할 수 없지만, 아공간을 여는 건 딱히 주위에 있는 수많은 나노머신에 의한 대위력 마법 행사가 필요한 게 아니니까요. 체내에 있는 소수의 나노머신만으로도 충분히 가능하군요……. 공격마법과는 달리 수납마법은 위력이 아니라 이미지 그리고 『믿는 마음』이 중요했던 건가……. 아, 그리고 지금의 메비스 씨한테는 검 두 자루의 정비 담당 나노머신 씨랑 왼쪽 팔 담당 나노머신 씨가 붙어 있죠. 전속 나노머신 씨라면 메비스 씨의 사념을 한층 정확하게, 한층 오랜 시간 동안 반영해줄 수 있을지도…….'

생각에 잠긴 마일의 옆에서는 레나와 폴린이 하얗게 불타버린 상태였다…….

그것도 무리는 아니리라.

실력에 자신 있는 자신들이 익히느라 애먹고 있는 수납마법을 검사에다가 심지어 마법도 못 쓰는 메비스가 아무 노력도 없이 쉽게 터득한 것이다.

도저히 믿기지 않는, 아니 믿고 싶지 않은 악몽이겠지…….

"레나 씨? 폴린 씨? ……안 돼요, 그냥 시체 같잖아요……."

"……저기, 그게……잘은 모르겠지만, 미안……."

* *

그래도 마일처럼 유사 수납마법(아이템 박스)은 아니었기 때문에 용량 무제한이라든지 내부 시간 정지 기능 같은 것은 없었다. 그냥 평범한 수납마법이었다.

용량은 아마도 대략 세 평정도 되리라…….

"충분하잖아!"

"웃기지 말라고!"

겨우 다시 움직일 수 있게 된 레나와 폴린이 그 말을 듣고 울상을 지으며 버럭 소리쳤다.

"……아니, 미안. 저어엉말로, 미안!"

"사과하지 마! 그럼 우리가 더 비참해지니까!"

하긴 그 말이 맞았다.

곤란한 표정으로 마일에게 도움을 청하는 메비스.

……하지만 표정은 굳었어도 눈은 기쁨으로 빛나고 있었다.

이제 물과 식량, 야영 도구, 예비 무기와 방어구, 사냥감들을 대량으로 옮길 수 있다.

언젠가 『붉은 맹세』가 해산한 이후에도 영주 일을 하는 틈틈이 혼자 종종 어느 파티에 임시로 가입해서 침구와 요리도구, 식재료 등을 잔뜩 옮겨주는 『편리한 헌터』로 활동할 수 있다.

또 영주로서도, 재해가 발생하거나 마차가 못 가는 곳에 대량의 지원품을 날라 많은 사람에게 도움을 줄 수 있었다.

"크흐, 크흐흐흐……."

자기도 모르게 기쁨의 소리가 새어 나와도 어쩔 수 없다.

……어쩔 수 없는 일이긴 했지만…….

"""…………."""

레나와 폴린이 등 뒤에서 악귀 같은 얼굴로 메비스를 노려보고 있었다…….

제127장 등급

"그럼 다음으로 등급에 관해 생각해봐요!"

"""…………."""

결국 레나는 아공간을 여는 것까지는 성공했지만 용량이 양동이 2~3개 분량밖에 되지 않았고, 그조차 마일이 살짝만 말을 걸어도 마법이 풀려 내용물이 전부 그 자리에 쏟아지고 말았다.

……절대 『수납마법 구사자』라고 당당히 말할 수 있는 수준이 아니었다.

아니, 이 정도로 아직 실력이 부족한 사람은 일반 수납마법 구사자의 수십 배, 수백 배는 있었다.

물론 아무 도움도 되지 않는다.

그래도 수백만 명 중에 수백 명 안에는 들어가는 셈이니, 계속 노력한다면 어엿한 수납마법 구사자가 될 가능성은 충분하다.

한편 폴린은 유지 시간이 조금 더 늘어나긴 했지만 역시 다른 것을 신경 쓰면 바로 풀려 버린다.

밀수품을 숨기고 관문을 통과하는 아주 짧은 시간 동안 유지하는 게 한계다.

……마일이 그렇게 말하자 폴린은 『안 해, 밀수 같은 거!』하고 발끈했지만, 아무도 그 말을 믿지 않았다.

"하긴 계속 F등급에 머물러 있으면 통상 의뢰랑 호위 의뢰를 받는 데 지장이…… 아 좀 작작해요!"

계속 부루퉁한 레나와 폴린을 보고 결국 천하의 마일마저 화나서 소리쳤다.

"어쩔 수 없잖아요! ……아니, 물론 기대하게 만든 저도 잘못이 있지만……."

마일은 두 사람의 마법 재능을 높이 평가했고, 게다가 일반인 중에는 거의 없는 권한 레벨 2가 되기도 한 것이다.

고룡 대부분과 똑같은 권한 레벨 2!

그러니 권한 레벨 1인 일반인 중에도 구사자가 있는 수납마법쯤 식은 죽 먹기로 할 수 있겠다고 생각해도 어쩔 수 없다.

같은 권한 레벨 2인 케라곤도 수납마법을 쓴다는 사실은 용의 보옥(드래곤볼)이라든지 이것저것 마음대로 넣고 꺼내는 모습을 여러 번 봐서 잘 알고 있었다.

그러니 자신이 잘 가르친다면 이 두 사람도 거뜬히 수납마법을 익힐 수 있을 터.

……마일이 그렇게 생각한 것도 무리가 아니리라.

그런데 그 예상이 완전히 빗나간 것도 모자라 생각지도 못한 다크호스(메비스)가 등장한 것이다.

'그래도 메비스 씨의 수납에 야영 도구를 넣어두면 내가 장기간 따로 행동해도 모두가 활동하는 데 지장이 없어. 내 아이템 박스와 달리 시간 정지 기능은 없으니까, 채취물이랑 사냥감, 식량 등의 보관 기간에는 주의해야 하지만, 세 평 정도면 꽤 넓어. 작고

가벼운 거라면 욕조, 변기, 접이식 간이침대 등은 충분히 수납할 수 있어…….'

마일은 수납마법인 척하면서 아이템 박스를 쓸 때도 있고 진짜 수납마법 쪽에 넣기도 하는 등 양쪽을 구분해서 사용하고 있었다.

그리고 사실 마일도 수납마법 자체는 그렇게까지 어마어마한 용량……도쿄돔 몇 개 분량이라든지……인 건 아니었다. 그래서 큰 것, 식거나 상하거나 열화하기 쉬운 것, 잘 사용하지 않는 것 등은 전부 아이템 박스에 넣고 수납마법에는 일부밖에 넣지 않았다.

아무리 마일이라도 항상 마력적으로 부담이 가는 일반 수납마법에 그렇게 엄청난 것들을 잔뜩 보관하고 싶은 건 아니었기에…….

그래서 마일의 생각에도 메비스의 수납마법 용량은 충분히 커 보였다.

실제로 구대륙에서는 나라에서 1~2등을 다투는 대용량일 것이다. ……마일을 빼고.

'……그나저나 메비스 씨, 얼마나 대단한 거야……. 나 같은『유사 귀족』이 아니라 유서 깊은 백작가의 순수혈통 영애인데 검술도 뛰어나고 윈드 엣지랑 메비스 링를 구사하는 마법 검사에다가 구전 치유도 가능하고 기사도 정신으로 꽉 차 있고, ……게다가 정의와 진실의 사도인 것도 모자라 멋을 중요시하고 낭만(중2병)이 넘치고……. 이렇게 좋은 조건, 또 없는데! ……아아, 메비스 씨

가 남자였으면…….'

아직『메비스 씨』라면 성별 따위 아무 상관 없다고 생각할 만큼 달관하지는 않은 마일이었다…….

"아니 아니, 지금은 등급 얘기 중이잖아!"

머리를 흔들며 생각을 리셋하는 마일.

"여기 헌터 길드에는 스킵 신청 같은 제도가 없었죠. 그런데 규약을 자세히 살펴보니까 없는 제도가 하나 더 있었어요……."

마일의 **행동**에 의아한 표정을 짓는 레나 일행.

"알아차렸어요, 저……. 여기 길드 규약에는 등급 승격 조건 중에『전 등급에서 필요 최소년수』라는 항목이 없다는 사실을……."

"""뭐어어어어어?!"""

깜짝 놀라 소리치는 레나 삼 인방.

그러는 것도 무리는 아니다.

그 사실은『난도 높은 의뢰와 고액의 채취 의뢰를 많이 완수하면 빨리 승격 가능』하다는 것을 의미했으니까.

구대륙에서 실력과 공적 포인트는 이미 오래전에 B등급에 해당했던『붉은 맹세』가 계속 C등급에 머물러 있는 까닭이었다.『전 등급에서 필요 최소년수』라는 걸림돌.

……그게 이곳에는 없었다.

구대륙에서도 지금은 그 제한이 사라졌지만…….

"……식은 죽 먹기네."

"……식은 죽 먹기네요."

“……너무 식은 죽 먹기 아닌가?”

“……식은 죽 먹기예요…….”

“““““……우리는 영혼으로 이어진 네 동료, ……『붉은 식은 죽 먹기』!!!”””””

“……아니! 아니아니아니! 지금 무슨 소릴 하는 거예요, 다들!”

그렇게 말하며 모두에게 주의를 준 마일이었는데…….

“너도 말했잖아, 아주 신이 나서…….”

“으윽…….”

레나에게 지적받자마자 침몰했다.

＊ ＊

“매입 부탁드립니다아~!”

“그래, 거기 내려놔!”

우수수~~!!

마일의 수납(아이템 박스)에서 환금 창구 앞 바닥에 마구 쏟아지는 대량의 오크, 오거, 뿔토끼, 기타 마물 사체와 비싸게 팔리는 각종 채취물.

“이, 이게 다 뭐야아아아아~~!!”

매입 담당 아저씨의 고함에 길드 안의 모든 시선이 집중되었다.

아직 F등급이므로 마물 토벌 의뢰는 뿔토끼 정도만 받을 수 있었다.

그래서 통상 의뢰가 아니라, 미리 수주할 필요 없는 소재 매각 한정 상시 의뢰로 돈과 공적 포인트를 모으기로 한 『붉은 맹세』였다.

계속 이런 식으로 해서 D등급이 되면 일단은 통상 의뢰를 수주할 수 있다.

……다만, 아무리 수주할 수 있게 되어도 D등급 파티를 단독으로 호위에 고용할 사람은 아무도 없고, 조건이 까다로운 의뢰도 받기 어렵다.

그렇다면 어떻게 해야 할까?

그렇다, 그전까지 이름을 알려서 D등급이 되어도 수주할 수 있고, 또 지명 의뢰가 들어오게 만들면 그만이었다.

그러려면…….

* *

"매입 부탁드립니다아~!"

우수수~~~!!

* *

"매입 부탁드립니다아~!"

우수수~~~!!

*　*

"매입 부탁드립니다아~!"
우수수~~~!!

그렇게 하루도 빠짐없이 『붉은 맹세』의 마물과 채취물 대량 납입이 이어졌다…….

*　*

"야, 저 녀석들 좀 어떻게 해 봐!"
"아니, 그렇게 말해도……."
매입 담당 아저씨가 고함을 빽 지르자 곤혹스러운 기색이 역력한 길드 마스터.
"뿔토끼, 오크, 오거 그리고 약초 납입량이 해도 해도 너무 많잖아! 늘어나고 있는 마물을 솎아내주는 거야 고맙지만 고기랑 모피, 그 외 다른 소재들의 가격이 폭락하고 있다고! 가치가 떨어져도 취급량이 늘어나니까 길드 이익에는 문제없겠지만, 월급은 똑같은데 작업량이 확 늘어난 해체장 사람들 입장에서는 더 참기 힘들어! ……그래도 뭐, 해체장 사람들은 아직 수입이 줄어든 건 아니니까 그나마 낫지. 하지만 마물 소재랑 채취물 가격이 폭락하는 바람에 중견 이하 헌터의 수입이 격감했다고! 가뜩이나 헌터 일을 그만두는 사람이 많은데 어쩔 거냐고, 엉? 어쩔 거냔 말이야!"

"윽……."

어렴풋이 느끼고는 있었다.

하지만 머나먼 타국에서 일부러 찾아와준 대용량 수납 구사자를 포함한 실력파 미소녀 파티한테 『너무 많이 잡았으니까 이번 주는 그냥 쉬어라』라고는 도저히 말할 수 없었다. 상대도 생활이 걸린 문제고, 길드는 헌터에게 그런 명령을 내릴 권한이 없으니까.

"문제는 그게 다가 아니야. 이 비정상적인 사냥 방식이 계속된다면 아무리 번식력 강한 마물이라도 뿔토끼 빼고 번식하는 숫자보다 잡히는 숫자가 더 많아져 이 근방의 개체 수가 줄어들 거야. 그렇게 되면……."

"그렇게 되면?"

"사냥감의 일정한 양을 채우지 못해 수입이 줄면 저 애들이 다른 지역으로 이동하겠지. 그렇게 되면 그 이전에 수입이 확 줄어 많은 헌터가 폐업하는 바람에 사람이 얼마 남지 않은 헌터 길드 지부만 남게 되는 거야. 그리고……."

"아직도 뭐가 더 남았냐!"

『나쁜 이야기』는 이미 충분히 들었다.

그런데도 아직 할 말이 남았다는 매입 담당 아저씨를 향해 질린 표정을 짓는 길드 마스터.

"걔들이 떠나면 마물들이 다시 늘어나기 시작하겠지. 헌터가 얼마 남지 않은 이 마을 주위에 말이야……."

"……."

"…………."

“‘‘…………………….’’”

“어떡해!”

버럭 화를 내는 길드 마스터.

“아니 그건 내가 할 말이잖아!”

그리고 그렇게 호통으로 대답한 매입 담당 아저씨.

“‘‘…………….’’”

“등급을 올려줘라…….”

“뭐?”

매입 담당 아저씨의 말에 어리둥절한 표정을 짓는 길드 마스터.

“그 애들 등급을 올려주라고! 녀석들이 매일 대량의 사냥감과 채취물을 들고 오는 이유는 걔들이 헌터 중에 가장 낮은 F등급이기 때문이야. F등급이면 통상 의뢰는 약초 채취나 뿔토끼 사냥 정도밖에 못 받잖아. 실력 있는 애들이 초보들이나 하는 그런 싸구려 의뢰를 받을 리가 없지! 그러니까 통상 의뢰를 안 받고 고기와 소재로 돈을 벌 수 있는 상시 의뢰만 하는 거라고! 등급을 올려줘서 호위 의뢰나 대물 사냥, 난도가 어마어마하게 높은『불가능한 임무(미션 임파서블)』같은 걸 받을 수 있게 되면 말이야, 젊은 녀석들이니 그쪽으로 뛰어들겠지.”

“아, 그렇군!”

“그렇군은 뭐가 그렇군이야, 이 멍청아! 그런 건 네가 생각해서 이미 회의를 거쳐 검토했었어야지! 아니냐?!”

“…………미안……. 책임은 질 생각이다.”

“그럼 길드 마스터 입장에서는 리스크가 꽤 높겠지만 길드 마스터 권한 특례 조치 A-3, 『다수의 인명과 관련된 경우의 길드 마스터 권한 행사』를 쓸 생각인가? 그거면 2등급 특진으로, F등급인 녀석들을 D등급으로 올릴 수 있잖아?”

매입 담당 아저씨의 말에 길드 마스터가 고개를 가로저었다.

“아니, 특례 조치 A-2를 써서 바로 C등급으로, 3등급 특진시킬 생각이야. D등급이면 그 녀석들끼리 수주할 수 있는 의뢰가 한정적이니까. 호위 같은 경우, 그 애들을 잘 모르는 상단은 고용하지 않을 테니 다른 마을에서 온 상단은 일단 힘들겠지. 그러니까 바로 C등급으로 올릴 거다.”

“어이……. 특례 조치 A-2는 『마을의 존속과 관련된 위험이 닥쳤을 경우 발동이 허락되는 권한』이잖아! 너, 그랬다가 만에 하나라도 왕도 길드 마스터 회의에서 부적절한 행위라는 판정이라도 내리면 네 입장이…….”

그 말에 길드 마스터가 아주 살짝 미소 지었다.

“난 바보지만, 그래도 길드 마스터의 책임과 의무 정도는 알아…….”

“너…….”

훗날 왕도의 길드 마스터 회의에서 이 판단이 극찬받고 길드 마스터 등급이 올라간다는 사실을 이때의 두 사람은 알 리 없었다.

그건 그리 이상한 일이 아니다.

마을을 지키기 위해 전부 잃을 각오로 행동한 사람이 처벌받는다면.

이후부터는 위험을 무릅쓰고 마을을 위해 움직일 길드 마스터가 확 줄어들 것이다.

그러니 다소의 문제는 눈감아주고서라도 칭찬할 수밖에 없다.

논리적으로 옳은 행동이었고, 아무도 손해 보지 않았다면 더욱…….

* *

"헉?! 우리가, 승격?"

"해냈다! 마물 사냥과 소재 채취를 열심히 한 보람이 있었어!"

"계획대로 됐어요!"

모두의 목소리에 고개를 끄덕이는 마일.

"이제 겨우 E등급이 됐네요. 조금만 더 노력해서 D등급이 되면 제한이 좀 있다고 해도 토벌 의뢰를 받을 수 있고, 다른 파티랑 합동으로 하면 호위 의뢰도 할 수 있어요! 이제 남은 건 그것과 병행해서 계속 소재 납입을 열심히 해나가면……."

기쁜 투로 그렇게 말하는 마일이었는데…….

'계속 사냥과 소재 채취를 열심히 하게 내버려 둘 것 같아?!'

자기 방에 『붉은 맹세』를 불러 승격 소식을 전한 길드 마스터가 속으로 쏘아붙였다.

그리고…….

"아니, E등급이 아니라 C등급으로 승격됐다."

"""""네에에에에?!"""""

길드 마스터의 말에 경악하는 네 사람이었는데…….

'메라조마가 아니다, 메라*다, 같은 건가?'

여전히 마일은 혼자 뭔지 모를 생각에 빠졌다.

"어, 어어어, 어떻게 된 일이야!"

"아, 아아아, 아무리 그래도 그건 좀 무리가 아닌지……."

"뭐, 뭐뭐뭐, 뭔가 다른 의도가……."

"더, 더더더, 덫이에요! 그럴 게 틀림없어요!"

구대륙에서는 C등급 헌터로 활동했고 그 후에 S등급이 되었던 『붉은 맹세』였는데, 아무리 경험 있는 C등급이라지만 그래도 세 등급 특진에는 깜짝 놀라 동요할 수밖에 없었다.

구대륙의 스킵 제도는 그래도 이해할 수 있다.

그건 은퇴한 헌터가 복귀할 때라든지 병사, 용병, 실각한 전 궁정 마술사 등 『원래 어마어마한 강자들』을 주 대상으로 하는 제도인데, 거기에 『말도 안 되는 재능을 갖춘 신인』이 편승할 수 있었다.

그래서 갑자기 C~D등급으로 등록된다고 해도 그리 이상하지는 않았다.

……하지만 스킵 제도가 없는 이곳에서 아무리 대인 전투 능력을 살짝 보여주었다거나 상시 의뢰로 오크와 오거를 대량으로 잡아 왔다고 해도 미성년자가 포함된 10대 여성 파티가 갑자기 세

---

*『드래곤퀘스트 다이의 대모험』에 나오는 대사. 메라는 기본 공격 주문이고, 메라조마는 그보다 두 단계 강한 공격 주문이다.

등급이나 특진하는 건 전례가 없었다.

비록 조기 승격을 노렸어도, 모두가 의심하는 것은 당연했다.

"……대체 속셈이 뭐야!"

"설마 억지로 C등급으로 올려놓고 길드 긴급 강제 소환 대상으로 삼아서 지역 헌터들이 꺼리는 위험한 지명 의뢰를……."

""""그거네!""""

"아니야아앗! 너희가 너무 많이 잡아 오니까 마물이랑 채취물 매입 가가 폭락해서 다른 헌터들의 생활이 어려워졌단 말이야! 그래서 너희가 사냥이랑 소재 채취 말고 다른 일을 하게 만들려고 내가 목 잘릴 각오로 강권을 발동해서 특례 조치를 적용한 거라고, 이, 빌어먹을 꼬맹이들아아아아아!"

"……."

""…………….""

"""……………….."""

""""죄송합니다…….""""

과연『붉은 맹세』멤버들도 자신들이 잘못했다고 생각한 듯했다.

분명 먹여 살릴 가족이 있을 나이인 길드 마스터에게 자리를 건 도박을 하게 만들고, 또 많은 지역 헌터들에게 민폐를 끼쳤다.

그래서 순순히 사과한『붉은 맹세』였는데…….

"하지만 통상 의뢰만으로는 돈을 많이 못 버는데……."

"통상 의뢰는 의뢰자마다 보수 금액이 다르니까요. 어린애 용돈벌이 수준 같으면 하루에 은화 1~2닢. 신출내기 E~F 등급이 맡는 일은 보통 은화 4~5닢. 별로 위험하지 않은 C등급 일이 은화 6~7닢에서 소금화 1닢 조금 넘는 정도니까. ……그리고 위험한 마물이랑 도적을 상대로 하는 호위 임부가 일 인당 하루에 소금화 2~3닢. 뭐, 습격이 거의 확실한 호위 의뢰라든지 적이 도적이 아니라 프로 용병, 퇴물 병사 같으면 조건에 따라 천정부지로 뛰겠지만…….”

“C등급이 되면 아무래도 E등급 이하의 일은 못 받게 되는데 말이야……. 여하튼 호위 의뢰랑 의뢰비가 비싼 일이 매일 올라오는 것도 아니고, 조건 좋은 의뢰는 경합해야 할 테니 여기서는 신입인 우리가 많이 수주하기 힘들 것 같고, 설령 가능하다 해도 그렇게 해서는 안 되겠지. 다른 헌터들한테 또 민폐 끼치게 되니까…….”

레나, 폴린 그리고 메비스의 말에 고개를 끄덕이는 마일.

“그럼 우리가 선택할 문제 해결 방법은…….”

“““““이 마을을 떠나 왕도나 더 규모 큰 마을로 이동하는 것!”””””

“왜 결론이 그렇게 나는데에에!”

네 명이 내린 답에 비통한 목소리로 소리치는 길드 마스터였다…….

마물을 계속 너무 많이 잡으면 곤란하다.

하지만 어느 정도(상식적인 양)까지는 잡아도 문제 되지 않고, 위험한 마물을 솎아내준다는 점에서 그리고 사냥감을 사들이는 길드에 이익이 된다는 점에서도 환영해야 할 일이었다.

또 길드의 수입원으로, 그리고 유사시에는 지원물자 수송과 피난민을 지원하는 요원으로『붉은 맹세』는 반드시 이 마을에 잡아

두고 싶었다.

게다가 만약 다른 마을로 이동해버린다면 『붉은 맹세』의 비상식적인 납입량을 절대 믿지 않을 다른 마을 헌터들과 길드 직원들이 『돈줄이자 만일의 사태에 도움이 될 대용량 수납 보유자를 놓친 멍청한 길드 지부』라며 놀려댈 것이 확실했다.

……『붉은 맹세』가 정착한 마을의 길드 지부는 며칠만 지나면 진실을 알게 되겠지만…….

"어느 마을로 가든 마찬가지야! ……뭐, 왕도나 그에 준하는 대도시면 열흘쯤은 버틸 수 있을지도 모르겠지만……."

""""""…………."""""

길드 마스터의 말에 입을 꾹 다무는 네 사람.

그러더니…….

""""""알고 있어……."""""

누가 봐도 억지인, 네 사람의 중얼거리는 소리가 새어 나왔다.

"오크랑 오거는 하루에 세 마리. 고블린이랑 코볼트는 각각 하루에 서른 마리까지. 약초는 제한 없음. ……그래도 아예 씨를 말리는 짓은 절대 하면 안 돼! 그렇게만 해준다면 상시 의뢰를 계속해도 괜찮아. 그리고 통상 의뢰는 동시에 많이 받진 말아줘. ……단, 수주자가 없어서 계속 올라와 있는 의뢰라든지 『붉은 의뢰』는 얼마든지 받아도 좋아."

오크와 오거는 솎아내기 위한 토벌 보수도 있지만 좋은 돈벌이가 되는 이유는 고기와 가죽, 뿔과 이빨 등의 소재 가치가 높기 때문이다.

그래서 가격이 폭락하면 많은 사람이 피해를 본다.

특히 그렇게 되면 무거운 고기를 가지고 돌아오는 사람이 확 줄어들 것이고, 피 냄새를 맡은 다른 마물이 접근하는 위험을 무릅쓰면서 현지에서 해체하거나 가죽을 벗기는 사람도 더는 없을 것이다.

길드 마스터가 『붉은 맹세』에게 수량 제한을 거는 심정도 이해는 된다.

그래도 팔리는 소재가 없어 토벌 보수만 받을 수 있는 고블린이라든지 가죽을 무두질하면 왕도나 다른 마을에 출하할 수 있는 코볼트 등은 다소 많이 잡아도 상관없고, 솎아내는 효과 쪽을 더 중시해야 할 터였다.

게다가 『붉은 맹세』는 자기들 손으로 직접 코볼트의 가죽을 벗기는 걸 꺼리는 모양인지 항상 통으로 납입했기 때문에, 그만큼 길드에 들어오는 작업비가 꽤 쏠쏠했다.

그리고 약초는 약으로 가공해서 출하하면 다른 마을에서 얼마든지 팔 수 있다.

화학적, 공업적으로 약품을 만들 수 없는 이 세계에서 약초는 효과가 다소 떨어져도 인기가 많았다.

"""""""………….""""""""

그래서 길드 마스터의 말에 반론하지 못하고 잠자코 있는 『붉은 맹세』였다…….

*　*

"뭐, 사실이니까 어쩔 수 없지……."

길드 지부에서 돌아오는 길에 레나가 그렇게 중얼거렸다.

"그리고 우리가 대량으로 납입했던 건 빨리 D등급이 되기 위해서, 그리고 D등급이라도 그럭저럭 괜찮은 의뢰를 받을 수 있게 이름을 알리려고 그런 거였으니까. C등급으로 올라가면 우리는 그냥 하던 대로 해도 충분히 돈을 벌 수 있으니까 문제없어."

"맞아. 지금 우리는 승격이나 돈이 목적이 아니라 모험 그리고 사람을 구하는 것, 힘든 일을 겪는 의뢰인의 기대에 부응해주는 게 목적이니까."

"아닌데요, 돈은 중요해요!"

"아하하……."

여전한 세 사람을 보며 쓴웃음 짓는 마일.

"여하튼 상시 의뢰의 납입량은 약초를 제외하고 제한이 생겼으니까. 그 부분은 어느 정도 몰아서 사냥한 다음 시간 흐름이 없는 마일의 수납에 넣어뒀다가 매일 정해진 양만 납입하기로 하자. 그래도 너무 한 번에 많이 잡으면 납입량이랑 실제 마물 분포수에 편차가 생겨서, 솎아내는 숫자를 관제하는 사람들에게 피해를 주게 되니까 너무 과하지 않게 조심하자고."

레나의 지시에 고개를 끄덕이는 마일 일행.

"……그리고 통상 의뢰 중에서 흥미롭고 어렵고 즐거워 보이는 의뢰를 마구마구 받는 거야!"

""""하앗!!""""

헌터가 되는 사람에는 세 가지 유형이 있다.
먹고 살려고 돈을 버는 사람.
출세해서 좋은 신분과 사회적 위치를 손에 넣고 싶은 사람.
……그리고 가슴 뛰는 모험을 갈구하며, 사람들을 구하는 활동 자체를 즐기는 사람들.
지금의 『붉은 맹세』는 명백히 제일 후자였다…….

*　*

"……그래서 돌아올 때 받아온 게 이건데요……."
숙소에 돌아와, 레나가 모두 앞에 꺼낸 의뢰표. 거기에 적혀 있던 것은…….

『가축을 습격하는 것들 토벌, 금화 3닢, 고르바 마을.』

고르바 마을은 이곳에서 내륙 방향으로 도보 5~6시간 정도 걸리는 곳에 있는 작은 농촌이라고 했다.
"뭐, 왕도도 아닌 지방 마을에 지룡 토벌이나 그리핀 퇴치 같은 의뢰가 그리 많이 올라올 리는 없으니까. 토벌 쪽 통상 의뢰는 보통 이런 종류겠지."
"그건 그렇지만……."
"남을 돕는 활동이니까요."
폴린이 말한 대로 이 의뢰를 수주한 것은 자원봉사나 다름없었다.
가난한 마을에 금화 3닢은 거금이겠지만, 4인 파티 입장에서는 일 인당 소금화 7.5닢.
일본 엔으로 환산하면 7만 5,000엔밖에 안 되는 수준이다.
언뜻 보면 그리 나쁘지 않은 보수금 같을 수 있다.
……하지만 거기에는 함정이 숨어 있다.
우선 토벌 대상인 마물의 종류가 명확하게 지정되어 있지 않았다.
상대가 고블린일 수도 있고 코볼트일 수도 있다. ……그리고 오크나 오거, 와이번, 만티코어, 그리핀 등일 가능성도 없지 않다.
게다가 토벌 횟수도 고용 기간도 미지정이었다.
……요컨대 언제까지 무엇을 몇 마리 토벌하면 되는지 알 수 없어서, 자칫 잘못하면『가축에 피해가 생기지 않을 때까지』라고 나올 수도 있는 것이다. 10일, 20일, 30일이 지나도, 뒤쥐가 소꼬리를 물었다거나 하는 별것도 아닌 피해만 생겨도 계속…….
원래 그렇게 비상식적인 의뢰주는 없겠지만, 의도적으로 이렇게 글을 써놓고『의뢰를 끝까지 성의있게 완수하지 않았으니까 완료 사인을 해 줄 수 없다』라고 나오면서 지불을 미루려고 하는 악질 마을 주민이라든지, 혹은 악의 없이 진심으로『의뢰비를 주는 만큼 모든 마물을 다 잡아주는 것이 수주자의 당연한 의무』, 『고용인을 최대한 써먹어서 조금이라도 더 본전을 뽑아야 한다』와 같은 생각을 하는 마을 주민도 있기에, 이런 모호한 내용의 의뢰를 고르는 헌터란 일단 없다.

그래서 이 의뢰는 수주자가 없어 계속 보드에 붙어 있는, 이른바 『미결 의뢰』였던 것이다.

물론 『붉은 맹세』도 그 정도는 잘 알고 있었다.

하지만 단지 이런 의뢰를 내는 데 익숙하지 않아 뭐라고 써야 하는지 잘 몰랐을 뿐이지 악의가 없었을 가능성도 있다.

보통은 의뢰할 때 접수원 아가씨가 그 부분을 잘 설명해주고 다시 쓰게 하지만, 이 의뢰는 행상인이 대신 전달한 것이라 하는 수 없이 그대로 받아 붙였던 모양이다.

일단 의뢰를 받을 때 접수원이 이것저것 확인해두긴 했다.

그리고 그쪽도 프로이기에, 『만약 의뢰한 마을이 이상한 소리를 꺼낼 경우 상대하지 말고 돌아오라』라고 말해주었다.

만약 『붉은 맹세』가 어린 여자들뿐이라며 함부로 대한다면 길드에서 나름대로 잘 대응해주리라.

이후부터 그 마을에서 오는 의뢰는 전부 받아들이지 않는다.

그 마을에는 길드에서 소재와 약품, 기타 모든 것을 매입도 판매도 하지 않는다.

그 마을 주민은 헌터 등록도 받지 않는다.

딱히 법적 조치를 취하지 않아도 길드를 적으로 돌리는 작은 마을 따위야 어떻게든 할 수 있다.

그것도 모르고 함부로 구는 마을이 가끔 나오기도 하지만, 길드에서 실제로 압박을 가할 필요도 없이 촌장과 마을의 중진들이 그 부분을 상세히 설명만 해줘도 대부분은 해결된다.

그래서 큰 문제는 없을 터였다.

그래도 그리 대단한 돈벌이도 아닌데다 시간까지 낭비해가며 불쾌한 경험을 하는 것은 딱 질색이므로 다른 일반 헌터들은 그런 의뢰에 엮이려고 하지 않는데…….

제128장 미결 의뢰

"여기가 의뢰주의 마을이구나……."

의뢰를 받아들인 다음 날, 바로 일에 착수한 『붉은 맹세』.

아침 일찍 출발했기에 점심 전에 목적 마을에 도착했다.

"응. 의뢰가 마을 이름으로 올라왔고 의뢰비를 마을 예산으로 충당할 테니까 마을 사람 모두가 의뢰주라고 보는 게 좋겠지. 물론 대표는 촌장이겠지만……."

"……그나저나 항구도시까지 걸어서 5~6시간 걸리는데, 행상인한테 부탁할 게 아니라 마을 사람이 직접 의뢰하러 가는 게 더 낫지 않았을까요? 의뢰서만 내는 거면 모르겠지만 예탁할 의뢰비로 금화를 3닢이나 맡겼잖아요, 그 행상인한테……. 작은 농촌에 금화 3닢은 꽤 큰 금액이죠?"

지금의 『붉은 맹세』에게 금화 3닢, 일본 돈으로 30만 엔은 그리 큰 금액이 아니다.

하지만 식량과 소모품 대부분을 자급자족하는 농촌 입장에서 그 정도의 현금은 결코 적은 액수가 아니리라. 그걸 그리 쉽게 남에게 맡겼다는 게 상인의 딸……이랄까 이미 어엿한 상인인 폴린으로서는 의아하게 느껴지는 모양이었다.

게다가 마을에 아주 중요한 의뢰를 아무 상관도 없는 제삼자에게 맡겨도 되나.

폴린이 의문을 느끼는 것도 무리는 아니다.

그런데 같은 상인……행상인……의 딸인 레나가 그것을 부정했다.

"편도 5~6시간은 왕복으로 10~12시간. 식사랑 휴식 시간까지 생각하면 안전을 위해서 무리하지 않고 도시에서 하룻밤 묵어야겠지. 그럼 성인 기준으로 일 인당 이틀 치 노동력 손실에 하루 숙박비, 식비, 기타 등등에 돈이 들어가게 되잖아. 그리고 금화 3닢을 맡기는 건데 그만큼 신뢰하는 행상인 아니겠어? 몇 년이 넘도록 꾸준히 왕래하는 성실한 행상인이라든지, 그 마을 출신이라든지……. 별로 이상한 일은 아닌 것 같은데."

"그런가요……."

폴린은 자기 집에 살 때 장사에 별로 관여하지 않았었다.

반면 레나는 아버지와 둘이 행상 여행을 했었고, 아버지가 거래 교섭을 할 때 늘 그 자리에서 이런저런 것들을 보고 들었다. 그 사실을 아는 폴린은 이런 이야기에 있어서는 레나의 말을 부정하지 않았고, 레나의 지식과 판단을 순순히 받아들였다.

'음~…….'

하지만 레나의 설명에 납득하는 듯한 폴린과 메비스와는 달리 마일은 생각에 잠겼다.

'항구도시에서 걸어서 5~6시간. 이 정도 거리면 지금까지도 여러 차례 의뢰를 낸 적 있을 텐데……. 마을이 생긴 이래로 이게 첫 의뢰일 리 없을 테고. ……몇 년에 한 번 정도는 의뢰를 내지 않았을까? 또 소중한 마을 예산을 쓰는 거니까 촌장 등이 항구도시에 갈 일이 있을 때 길드에 들러서 의뢰 방식이라든지 의뢰비 시세 같은 것들을 미리 알아볼 것 같은데. 그렇게까지 멀지는 않으니까 촌장이라면 항구도시에 이따금 갈 테고. 연공인 밀 운송이라든지 영주님께 진정을 올릴 일로…….'

뭔가 마음에 걸리는 느낌은 있었지만, 그렇다고 어떤 확증이 있는 것도 아니었다.

표면적으로는 어디까지나 해수 때문에 골머리 썩고 있는 농촌의 의뢰에 지나지 않았고, 의도적 악의가 있는 게 아니라면 신입 C등급 헌터에게는 지극히 평범한 일이었다.

그래서 마일 역시 레나의 설명에 반론하지 않았다.

*　*

"……환영합니다, 정말 잘 와 주셨습니다……."

촌장 집에서 마을의 수뇌부들과 이야기를 나누게 된 『붉은 맹세』였는데…….

축 가라앉아 있고, 노골적으로 실망한 기색을 감추지 않는 촌장.

함께 자리한 마을 중진들도 다르지 않았다.

뭐, 그것도 무리는 아니겠지.

없는 마을 예산을 어떻게든 쥐어 짜내 마련한 의뢰비 금화 3닢.

그런데 그 결과 찾아온 것이 자기들 손녀뻘이나 다름없는 어린 소녀 네 명이니 낙담해도 별수 없다.

하지만 의뢰서에는 연령 제한도, 『남성 파티만』이라는 조건도 달지 않았기에 길드에서 『이 파티면 문제없다』라고 판단하고 수주하게 한 이상 지금 와서 불만을 드러낼 수는 없었다.

이게 호위 의뢰 등이라면 수주 조건에 『수주 가능 여부는 면접 결과에 따른다』와 같은 문구를 써넣기도 하지만…….

과연 상인들도 마물에게 습격당하면 의뢰주를 버리고 당장 도망칠 것 같은 사람이라든지 『아니 너, 도적단의 잠입 스파이지?!』 하고 나올 만큼 악당처럼 생긴 사람을 고용하고 싶지는 않을 테니까…….

"……음, 마음은 알겠지만 이래 봬도 엄연한 C등급 파티니까 걱정하지 않으셔도 됩니다. 그리고 만에 하나 저희가 의뢰 사항 수행에 실패한다면 『의뢰 사항 미달성』이 되어, 저희에게 의뢰비를 주실 필요 없이 다음 수주자에게 넘어가게 되니까……."

메비스의 설명을 듣고 안심하는 눈치인 촌장 일행.

처음 만난 사람이 겉만 보고 낮잡아 보는 데에는 이미 익숙했기 때문에 다들 딱히 기분 나쁘게 생각하지 않았다.

"……그럼 의뢰의 상세한 내용을 확인하고 싶은데요……."

길드에서 확인한 의뢰 내용은 너무 대강이었다.

그렇다, 『붉은 맹세』 이외의 사람은 수주할 리 없을 정도로 말이다…….

촌장 일행의 설명에 따르면…….

『이 마을에서 조금 떨어진 위치에 「들어가지 않는 숲」이 있다. 그곳은 마물이 득시글거리기 때문에 마을 사람들은 그 숲에 얼씬도 하지 않는다. 그런데 최근 들어 그곳의 마물이 마을까지 접근해 가축을 습격하기 시작했다. 날마다 밤중에 가축이 한 마리씩 죽어서 다음 날 아침이면 사체만 남겨져 있다. 그것만으로도 큰 문제지만, 이대로 가다간 사람도 언제 공격당할지 모른다. 그래서 마물을 토벌하고 마을의 안전을 도모하고 싶다. 토벌 대상에서 뿔토끼와 오크는 제외한다. 늑대류는 확실하게 전멸시켜주면 좋겠다』라는 것이었다.

뿔토끼와 오크를 제외하는 까닭은 고기와 소재를 위한 사냥감으로 마을에 필요하기 때문이리라.

오크는 조금 위험하긴 해도 오거나 늑대류 마물만큼은 아니다. 가끔 한 마리 잡으면 마을의 식생활에 큰 도움이 된다.

……그리고 아마도 오크는 이 마을까지 내려오지도 않겠지.

“““““아~…….”””””

우려했던 상황이었다.

그나저나 『그런 의뢰일 가능성도 없지는 않다』라고 생각만 했을 뿐인데 정말 그런 의뢰여서 깜짝 놀랐다.

이게 개인의 악질적인 의뢰로, 헌터를 속여 그냥 부려 먹으려고 하는 거라거나 계약 위반을 방패 삼아 터무니없는 일을 시키려고 하는 거라면 그래도 이해할 수 있다.

하지만 마을에서 낸 정식 의뢰인데 이건 아니지 않은가…….

“……그러니까 숲에 있는 마물을 전부 퇴치해달라는 뜻인가요? 고작 금화 3닢에?”

"세상을 너무 만만하게 보는 거 아닌가요?"
"그냥 영주님한테 부탁하시죠!"
마일과 폴린 그리고 레나의 신랄한 말.
그리고…….
"몇 년이 걸리려나, 아하하……."
쓴웃음 짓는 메비스였다…….
"아니, 정식으로 의뢰를 받아서 왔으니까 해야지! 계약 위반이라고!"
"아니 아니, 상세한 설명이 상식에서 너무 벗어난 내용이면 하지 말고 곧장 돌아오라는 길드의 지시가 있었거든요……."
아무리 마음씨 착한 메비스라도 이 일은 받아들일 수 없었다.
곤욕을 치르는 게 자기들만이라도 안 되는 일인데, 『멍청한 헌터는 잘만 속이면 공짜로 부려 먹을 수 있다』라는 소문이라도 퍼지거나 『전에 의뢰했던 헌터는 이 조건에 받아줬다고!』 하는 식으로 나오면 다른 헌터들에게도 민폐를 끼치게 된다. 이건 절대 타협할 수 없는 문제였다.
"……이만 돌아가자!"
""""하앗!!""""
레나의 지시에 모두 자리에서 일어나자…….
"……어쩔 수 없군. 그럼 조건을 조금 양보해주마."
촌장이 그런 말을 꺼냈지만 모두 완전히 무시하고 방에서 나갔다.
"……앗? 잠깐만! 조건을 양보해주겠다잖아!"

하지만『붉은 맹세』는 걸음을 멈출 생각이 없어 보였다.

"기다려, 이, 이야기를 좀……."

그러자 레나가 그 자리에 서서 뒤돌아보았다. 무표정으로.

"상대가 타당한 조건을 바랐는데 그 열 배의 조건을 들이밀어 놓고, 상대가 받아들이지 않으니까『그럼 서로 조건을 반씩 양보하자. 그럼 공평하잖아』하면서 5.5배의 조건을 강요하거나 하는 악당의 말을 들을 만큼 우리는 바보가 아니야. 금화 3닢이라는 보수에 우리가 어떤 의뢰를 요구받았는지 길드와 헌터들에게 빠짐없이 전달할 테니까 안심하도록 해. 다음부터는 이 마을의 요구를 이해한 헌터들만 올 거니까. ……그런 멍청이 혹은 너무 착한 헌터가 세상에 존재했을 때의 이야기지만. 우리도 이 의뢰를 오랜 기간 아무도 해주지 않는 게 불쌍해서 그냥 자원봉사 느낌으로 받아준 건데. 다음에 또 그런 헌터가 나타나는 게 언제가 될지 모르겠네……."

""""""…………."""""""

새파랗게 질려서 덜덜 떠는 촌장 일행이었다…….

그리고 다시 걸음을 떼는 레나.

레나를 기다리며 서 있던 다른 헌터들도 같이 걷기 시작했다.

"기, 기다려 줘, 내 얘기 좀 들어 봐!"

정신을 가다듬은 촌장이 똑같은 말을 되풀이했지만 의뢰받은 헌터를 모욕하거나 얕보고 무리한 일을 강요하는 의뢰자는 신뢰할 수 없다.

의뢰비는 이미 길드에 예탁되어 있지만, 그것도 의뢰 완료 보고에 사인해주지 않으면 일이 좀 귀찮아진다.

그래도 사실관계가 명확하다면 아마 최종적으로는 전액을 받을 수 있겠지.

하지만 성가신 일은 사양하고 싶다.

……그렇다면 의뢰받는 것을 중지하면 그만이다.

돈을 주고받지 않았다면 의뢰주 유책으로 인한 수주 취소로 간주하여, 길드 쪽과 처리할 귀찮은 절차가 상당히 수월해진다.

뭐, 피해를 준 책임으로 마을까지 왕복하는 데 든 시간만큼의 일당과 위약금은 예탁금에서 빠지게 되겠지만…….

이번 같은 경우에는 과거 사례로 봤을 때 예탁한 거의 전액을 내야 할 것이다.

이렇게 하는 것은 딱히 『붉은 맹세』가 억척스러워서가 아니고, 똑같은 일이 재발하지 않도록 그리고 주변 마을에 본보기가 되는 의미까지 담아 최대한 많은 돈을 받아내는 것이 헌터로서의 의무였다.

그리고 의뢰 보수금을 미리 길드에 맡겨두는 『예탁금』은 바로 이럴 때를 위한 제도였다.

이번 일을 보고하면 앞으로는 이 마을에서 오는 의뢰를 받을 헌터가 한 명도 없을 테고, 길드 측에서도 중간에서 좀 수주해줄 수 없겠느냐며 헌터를 설득하는 일은 두 번 다시 없겠지.

헌터 그리고 헌터 길드를 만만하게 본 시골의 『흔하디흔한』 말로였다.

"몰라. 이야기라면 들을 만큼 들었고 그 내용이 우리의 허용 범위 밖이어서 교섭 결렬, 의뢰주 유책으로 계약 파기인 거야. 더 이상 무슨 얘기가 더 필요해? 우리가 어린 여자애들이라고 얕잡아보고 속이고 트집 잡으려고 하다가 일이 자기 의도대로 흘러가지 않으니까 『방금 말한 건 취소』라면서 처음부터 다시 대화하자고? 그런 사람들을 누가 믿을 수 있겠어? 심지어 이 지경에 와서도 아직 『어쩔 수 없다』라면서 『조건을 조금 양보해주겠다』? ……바보 아냐? 만약 수주한 사람이 우락부락하게 생긴 아저씨 파티였다면 처음부터 정상적으로 대화했겠지?"

촌장의 간절한 요청을 뚝 잘라버린 레나에게서 찬 바람이 쌩쌩 불었다.

아니, 그래도 다시 걸음을 멈추고 그렇게 대답해주었다는 점에서 레나도 마음이 약한 건지도 모른다.

보통은 대답도 하지 않고 그대로 떠나거나 욕설 정도는 남길 텐데.

신뢰할 수 없는 악당과 대화, 교섭을 하는 것은 바보뿐이다.

하지만…….

"부탁드립니다, 제발 이렇게 부탁드립니다요~!"

촌장을 비롯해 그 자리에 있던 마을 중진들이 모두 무릎 꿇고 머리를 조아리자……일본식과는 조금 다르지만, 오해의 여지 없이 같은 의미라는 건 알 수 있다……가시방석에 앉은 느낌인 듯한 『붉은 맹세』.

……아니, 그 자리에 있기 불편하면 그냥 떠나면 되지 않나.

하지만 그렇게 생각해도 차마 떠나지 못하는 것이 바로 『붉은 맹세』였다…….

*　*

"……그럼 그 숲을 영역으로 삼은 늑대를 최대한 많이 잡아주는 걸로 하면 되겠지? 그리고 최소 서른 마리 이상 사냥하는 조건. 거기에 무리의 우두머리인 하얀 늑대가 꼭 포함되어 있을 것……. 만약 무리의 개체 수 자체가 적었다거나 달아나는 바람에 서른 마리보다 적게 잡더라도 우두머리를 잡고 무리를 해체하면 의뢰 달성으로 간주해도 되겠지? 또 우두머리가 바뀌어서 흰 늑대가 아니었을 경우에는 그 새 우두머리를 잡는 걸로 하고."

레나의 최종 확인에 고개를 끄덕이는 촌장.

만약 무리의 총 숫자가 서른 마리 미만이라거나 무리가 해체되고 뿔뿔이 흩어져 달아났다고 해서 『의뢰 실패, 의뢰비 없음』이라고 나오면 안 되기 때문에 꼼꼼하게 조건의 허점을 틀어막는 레나였다.

우두머리가 흰색 늑대라는 말도 진짜인지 어떤지 알 수 없는 것이다. 『우두머리인 흰 늑대를 못 잡았으니까 의뢰 실패다』라고 트집 잡기 위한 거짓말일 가능성도 전혀 없지 않다.

흰색이든 회색이든 우두머리를 놓치면 곤란해지겠지만, 입장상 우두머리가 그리 빨리 달아날 거라고 보긴 어렵고, 마일이 한 번 확인하면 탐색마법으로 마킹할 예정이라서 걱정은 없었다.

……그렇다, 결국 이러쿵저러쿵하면서도 촌장 일행의 이야기를

들어준『붉은 맹세』는 무슨 영문인지 의뢰를 받기로 하고 말았다.

굳이『어쩌면 위험한 내용일 수도 있는』미결 의뢰를 받아들인 것이다. 원래부터 곤경을 겪는 마을 사람들에게 차갑게 구는 레나 일행이 아니었기에 본인들도 조금 마음이 약한 것 같다고 생각했지만 어쩔 수 없었다.

"그럼 그 내용을 서류로 정리해서 주세요."

옆에서 촌장에게 그런 요구를 하는 폴린.

역시 자신들을 한 번 속이려고 했던 상대를 쉽게 믿지 않는 폴린, 신중하다.

이 요구를 거부한다면『붉은 맹세』는 더 이상 이 마을 사람들을 절대 신뢰하지 않을 것이다.

그걸 알기에 촌장은 요구를 순순히 받아들였다.

*　*

"뭐, 제대로 머리 숙이고 적정 조건에 의뢰해준다면야 불만은 없어. 웬만하면 처음부터 그렇게 나와주면 고맙겠지만 말이야……."

촌장 일행으로부터『들어가지 않는 숲』에 대해 자세한 설명을 듣고 바로 출발한『붉은 맹세』.

어중간한 시간대이긴 했지만, 그다지 신뢰가 가지 않는 촌장 집에 하룻밤 묵는 것보다는 날이 어두워질 때까지 걷다가 적당한 곳에서 야영하는 편이 훨씬 나았다.

그래서 마을의 오솔길을 걸으며 메비스가 그런 이야기를 하고 있는데…….

탁!

"……앗?"
갑자기 온 충격에 놀라 어리둥절한 메비스.
작은 돌멩이가 날아와 몸을 때린 것이다.
보통은 공격이 들어오는 즉시 방어 태세를 갖추고 공격자의 위치와 숫자 그리고 적의 전투력을 파악한 다음 바로 반격에 나서기 마련이다. 공격받은 사람뿐만이 아니라 멤버 전원이.
적어도 무방비 상태로 우두커니 서 있는 것은 말이 안 된다.
그것도 멤버 전원이…….
하지만 이번에는 어쩔 수 없으리라.
왜냐하면 돌을 던진 사람이 아직 7~8살 정도밖에 되지 않은 아이였기 때문이다.

"어, 어째서……."
메비스가 그렇게 중얼거리는 것도 무리가 아니다.
물론 C등급 중견 이하의 헌터는 밑바닥 직업으로 머리가 나쁘거나 행실이 불량한 사람도 섞여 있다.
그래서 엮이기 쉬운 젊은 여성들은 이유 없이 싫어하기도 하지만, 어린애들, 특히 고아나 시골 아이들은 헌터가 되면 일확천금을 꿈꿀 수 있고 자신들도 비교적 쉽게 될 수 있는 직업이라 그렇게 싫어하지 않았다.

오히려 마을에서 낸 마물 토벌 의뢰를 시원하게 해결해주는 헌터를 본 아이들은 강한 사람만 될 수 있다며 동경하고 영웅시하기도 했다.

게다가 『붉은 맹세』는 외모가 괜찮은 여성 파티인 데다 어려움을 겪고 있는 마을을 위해 일부러 항구도시에서 와준 고마운 사람들일 터였다.

그런데 왜 아이가 돌을 던졌단 말인가.

그것도, 반쯤 장난삼아 웃으면서 던진 게 아니라 혐오 그득한 눈빛을 하고서 진심으로 던진 것이다…….

메비스의 방어구에 맞아서 다행이지, 만약 방어구를 착용하지 않은 머리나 팔다리 부위였거나 혹은 방어구를 제대로 차지 않은 레나나 폴린이 맞았다면…….

그리고 또 의문인 부분은 돌을 던진 아이의 어머니로 보이는 여자가 당황하며 아이를 안아 들고 집으로 쏙 들어가 버린 것이다. 마치 무법자로부터 자기 아이를 보호하기라도 하듯이…….

원래 같으면 자식을 혼내고 상대에게 사과하게 할 텐데.

그게 아니라 마치 아이가 한 행동 자체는 문제가 없고, 그저 상대가 앙갚음할까 봐 염려해 자리를 피하려고만 하는 모습이었다.

그리고 『붉은 맹세』 멤버들이 주위를 둘러보니…….

조금 전 아이와 어머니가 그랬듯 증오와 두려움을 담아 『붉은 맹세』를 노려보는 눈.

또 한쪽에서는 부탁할게, 하며 『붉은 맹세』의 의뢰 수행을 기대하는 듯한 눈.

분명 사람들이 두 무리로 나뉘어 있었다.

“““““…………..”””””

아직 촌장 일행이 숨기는 게 있다는 느낌이 드는 마일과 멤버들이었다…….

* *

“……어떻게 된 일일까?”

마을에서 나와 『들어가지 않는 숲』으로 향하는 『붉은 맹세』.

“아마 우리를 좋게 생각하지 않는 마을 사람들이 있는 거겠지. 그것도 몇 명이 아니라 어느 정도는 되는 숫자가. 그리고 거기에 애들도 포함되어 있고…….”

걸으면서 시무룩한 얼굴로 말하는 레나와 메비스.

“단순한 마을 파벌 싸움은 아닌 듯했어요. 만약 단순 파벌 싸움이라면 애들까지 휘말리거나, 우리를 싫어하면서 공격까지 하진 않았겠죠. 우린 그냥 마물을 소탕하기 위해 고용되었을 뿐인 작업원에 지나지 않는데요.”

“보통 이런 작은 마을에서 헌터가 길드를 적으로 돌려서 이득 볼 게 없으니까요…….”

폴린과 마일의 말대로였다.

아무리 마을 안에 갈등이 있어도 거기에 외지인…… 특히 상인이나 헌터 길드 소속이 휘말리는 경우는 없다. 그렇게 되면 마을 전체에 큰 불이익으로 이어지기 때문이다.

"뭐, 그런 건 우리가 신경 쓸 필요 없어. 우린 그냥 마을의 소중한 가축이 공격당해 어려움에 빠져 있다는 의뢰를 받아서, 상대가 마물이든 들짐승이든 상관없이 잡아주면 되는 거야. 마을의 파벌 싸움 따위는 우리 알 바 아니야."

레나의 말에 고개를 끄덕이는 세 사람.

그렇다. 헌터는 받은 의뢰를 수행할 뿐.

그 의뢰가 타당한 내용이고, 헌터를 속이거나 위험에 빠트리는 게 아닌 한…….

진지한 소원에는 성의와 성공으로 보답한다.

그리고 악의에는 보복으로 갚아준다.

그것이 헌터라는 존재였다.

*　*

"……그렇게 해서 『들어가지 않는 숲』에 왔는데요……."

늑대 한 마리가 아니라 무리에게 입은 피해 같다고 했다. 그 서식처인 숲은 마을에서 그리 멀지 않았다. 걸어서 한 시간 반 정도쯤 걸리는 거리에 있었다.

하지만 마을에서 묵기 싫어 어중간한 시간에 출발했기 때문에, 지금 숲에 들어가면 곧바로 날이 어두워질 터였다. 그래서…….

"오늘은 여기서 야영하고 숲에는 내일 들어가자."

레나의 판단에 찬성해서 고개를 끄덕이는 멤버들.

그리고 물론 밤에는 식사와 입욕 그리고 『일본 전래 허풍동화』가 있다.

해가 져서 다시 뜰 때까지 10시간이 넘는다. 그동안에 계속 잠만 자기에는 과연 너무 긴 시간이다.

숲의 외곽이긴 해도 소리와 냄새는 마법으로 실드할 거라서 문제없다.

그냥 일반 헌터라면 음식 냄새도 나겠지만 『보들보들하고 군침 도는 어린 인간 여자애 냄새』라니 마물 어서 와~, 들짐승 어서 와~ 하고 꾀는 것도 정도가 있다.

*　*

다음 날.

주위가 밝아지자마자 『들어가지 않는 숲』에 발을 들인 『붉은 맹세』.

단, 주위가 밝아졌다지만 그건 숲에 들어가기 전 이야기다.

가지치기도 간벌도 되어 있지 않은 자연 그대로의 원시림이어서 낮인데도 숲은 어두웠다.

게다가 사람이 드나들지 않는 숲이기에…….

쾅!

휘익!

퍽!

“““““사냥할 게 천지네요…….”””””

그렇다, 마물도 일반 동물도 아주 많았다.

인간종이라는, 자신이 먹을 양 이상으로 사냥해대며 생태계 균형을 망가뜨리는 이레귤러가 없기에 소동물에서 덩치 큰 동물에 마물까지 아마도 나름의 개체 수 균형을 유지하고 있으리라.

“오크뿐 아니라 사슴이랑 멧돼지, 소 같은 것도 많이 잡혀서 좋네요. 먹을 수 있다는 점에서도 팔 수 있다는 점에서도…….”

그렇다, 마일이 말한 대로 아무리 잡아도 곧바로 늘어나는 마물과 달리 사슴과 멧돼지, 소 같은 일반 동물은 맛도 좋고 높은 가격에 팔린다. 게다가 인간종을 향해 적극적인 공격을 하는 일이 좀체 없다.

그래서 민가와 가까운 곳에서는 너무 많이 잡는 바람에 개체 수가 적고, 먼 곳은 운송하기 어렵고 운송하는 사이에 고기가 상한다는 단점이 있어 인기가 높아도 시장에 잘 들어오지 않는 것이다.

그런데 이곳에서는 잔뜩 잡을 수 있는 데다가, 마일의 아이템박스 덕택에 운송 문제와 고기가 변질할 염려가 없었다. 또 다른 헌터와 사냥꾼이 없어서 그야말로 『붉은 맹세』를 위해 존재하는 사냥터 같았다.

“정말로 우리를 위해 있는 듯한…… 앗…….”

뭔가를 감지했는지 마일이 말을 멈췄다.

“……왜 그래?”

그리고 마일의 상태가 이상해지면 곧바로 눈치채는 레나.

"아, 그게, ……여기, 그러고 보니 『들어가지 않는 숲』이라고 했죠?"

"그런 이름이었지……."

"그거, 사람이 들어가면 안 된다는 의미 아닌가요? 뭔가, 그런 이름이 붙은 이유가 있지 않을지? 구전이나 종교적 금기나 어떤 위험이 있다거나……. 우리, 여기 들어와도 되는 거였을까요?"

""""아…….""""

새삼스럽다.

"아, 아니, 하지만 이 숲에 사는 늑대를 토벌하는 의뢰니까……."

메비스가 살짝 불안한 듯이 말했는데…….

"하지만 그럼 마을에서 대기하면서 늑대가 가축을 습격하러 오기를 기다리는 게 낫지 않았을지? 그럼 확실하게 『마을의 가축을 습격하는 놈들』을 잡을 수 있잖아요? 그런데 촌장이랑 마을 사람들은 토벌해달라며 우리를 숲에 보냈어요. 마을에 오지 않는 무리도 그중에 있을지 모르고, 또 마을을 습격한 무리를 못 만날 수도 있는 광대한 숲에 말이에요……. 물론 탐색마법이 있으니까 어떻게든 될 거라곤 생각하거든요? 그래서 촌장님의 요구에 특별히 반대하진 않았어요. 여러분도 그랬겠죠? ……하지만 제 탐색마법에 대해 모르는 촌장님이 왜 마을에 오는 무리를 확실하게 잡을 수 있는 요격전을 선택하지 않았을까요……."

""""아…….""""

토벌하기 위해 들어가도 되는 거라면 『들어가지 않는 숲』이 아니다. 그건 『들어가도 되는 숲』이다.

"그럼 우리에게 적대적인 태도를 보였던 마을 사람들은 우리가 이 숲에 들어가는 게 싫어서였나?"

"마을에서 금기시하고 있다거나, 아니면 수입원인 사냥감과 채취물의 보고를 망가뜨리고 싶지 않아서라거나……."

레나와 마일의 대화에 으으음 하고 고민에 빠진 메비스와 폴린.

빈손으로 마을까지 걸어가면 한 시간 반. 사냥감을 짊어지고 가면 시간이 더 걸리겠지만 도시에 사는 비실비실한 사람들이 아닌 것이다. 돈이 되는 것을 들고 가는데 그 정도쯤 아무렇지도 않겠지.

숲에서 사냥과 채취가 허락될 때의 이야기지만…….

"우리가 어린 여자들이라서 그런 게 아닐까요? 성인 남자가 생업으로 상시 드나드는 건 안 되지만 여자애들이 가끔 들어가 숲의 은혜를 나누는 것은 허락된다거나……. 아이와 여성들에게는 관대한 신과 정령 이야기야 흔하니까……. 이 일을 받은 헌터가 어쩌다 우리여서 숲에 들어갈 사람으로 선택됐다거나? 만약에 우리가 실패하고 다른 헌터가 이 의뢰를 다시 받게 돼도, 다음 역시 여성 파티가 올 확률은 아주 낮으니까요. 이후부터는 요격 전술밖에 취할 수 없으니까 이번에는 숲에 보내기로 했다거나……. 이번에 실패해도 의뢰 실패가 되면 마을 입장에서 금전적 손실은 없으니."

폴린의 의견에 다시 으으음, 하고 고민에 빠지는 멤버들.

과연 의뢰 실패가 되어 헌터를 **교체**하면 시간 손실을 제외하고는 마을에 크게 마이너스는 아니리라.

'금기의 숲에 아이들만은 들어가도 된다……. 『금기 키즈』*!!'
그리고 마일은 뭔지 잘 모를 생각을 했다…….

계속 생각만 해봐야 아무 소용 없다.
마일 일행은 연구자가 아니라 헌터니까.
의뢰를 받아 그것을 수행한다.
그 의뢰가 범죄 행위이거나 헌터 길드의 규약을 위반하는 내용이 아니고 자신들과 의뢰자, 그 밖의 다른 인간종과 지적 생명체에 피해를 주지 않으며, 또 의뢰자가 거짓말을 하거나 헌터에게 악의를 품었다거나 중요한 사항을 감추고 있다거나 『서로의 신뢰 관계를 망가뜨릴 만한 행동』 등을 하지 않는 이상에는 말이다.
그리고…….
"늑대류는 안 나오는데!"
그렇다, 이번에는 소재가 목적인 상시 의뢰가 아니다.
물론 마물이 아닌 동물을 사냥할 수 있는 것은 좋지만, 의뢰 대상인 늑대류를 토벌하지 않는 한 의뢰는 미달성, ……요컨대 『의뢰 실패』였다.
"마일, 해!"
마침내 레나로부터 금단의 지시가 떨어졌다.
……그렇다, 마일의 탐색마법 사용 명령이었다.
이는 『붉은 맹세』가 마일의 능력에 전적으로 의지하겠다는 뜻이 아니다.

*'금기'의 일본어 발음은 '킨키'. 일본의 유명 아이돌 중에 '킨키키즈'가 있다.

이번에는 마일의 능력에 기대지 않으면 의뢰 임무에 실패하겠다고 판단했을 뿐이다.
만일 마일이 없었다면.
만일 마일이 그냥 평범한 헌터였다면.
……이 의뢰는 클리어하기 어려운 게임이었다.
다시 말해, 『마일의 능력 없이는 불가능』하다며 백기를 든 셈이다.
레나의 입장에서는 패배 선언이나 다름없어서 분통이 터졌겠지만, 자신의 의지와 긍지보다 파티로서 임무 완수를 우선한 것이다. ……그리고 어려움에 빠진 마을 사람들을 돕는 것을.
옛날에 혼자 활동하던 시절의 레나였다면 절대 고르지 않을 선택이었다.
아니, 혼자라면 애당초 이런 얼토당토않은 의뢰를 받아들이는 것부터 말이 안 되지만…….
그래서 앞으로는 『헌터 중 한 명으로서. 그리고 파티의 한 멤버로서 자기 본분을 다하는』 게 아니라 『사자님과 유쾌한 동료들』로 활동할 것이다.
정말로 본의는 아니지만…….
"하이 하이 서!"
그리고 탐색마법을 발동하는 마일.
빛기둥이 360도로 뱅글뱅글 회전하는 레이더 화면 같은 것(PPI 스코프 방식)이 아니라, 마일을 중심으로 원이 점점 퍼지는 소나(음파탐지기) 같은 느낌이었다.

실제로는 소리가 아니라, 나노머신이 사방으로 날아가 정보를 가지고 돌아와서 마일의 시신경에 직접 영상 신호를 보내 정보를 전달하는 것이었지만…….

이런 점에 있어서는, 마일의 탐색마법을 보고 독자적인 탐색마법을 만들어 낸『원더 쓰리』그리고 초근접 거리의 주변 공간 정보를 파악하는 마법인『메비스 링』을 고안해 낸 메비스 쪽이 마법 센스랄까 신규 마법의 고안 및 개발 능력이랄까 그런 쪽으로 재능이 월등히 뛰어났다.

……현대 지구의 지식 덕분에 압도적으로 유리한 마일이 체면을 완전히 구긴 셈이다.

뭐, 여하튼 그렇게 해서 탐색파…… 대량의 나노머신을 전방위에 발진이랄까 방사랄까 좌우지간 막 뿌린 마일.

지금까지 늑대류는 동물종이든 마물종이든 다양하게 잡아 왔기 때문에 식별은 가능했다.

과연 들개와 구분하는 건 어렵지만 여우, 너구리, 코볼트 등과 혼동하지는 않는다.

그리고…….

"늑대류 한 마리, 급속 접근 중…… 반사파(에코)의 크기로 판단했을 때 성체!"

"요격 준비! 여유가 된다면 옆면 치기, 핫, 구속!"

""""라저!!""""

마일의 보고에 레나가 지시를 내렸다. 그리고 그에 응하는 세 사람.

이제 와서 새삼스럽게 누구에게 내린 지시인지 알려야 하는 사이가 아니다.

옆면 치기는 검의 옆면으로 때리는 것을 말한다. 골절 정도는 입을지도 모르지만, 일단은 생포를 목적으로 한 공격법이었다.

핫은 말할 것도 없이 핫 마법. 그리고 구속은 말 그대로 바인드계 마법이다.

……생각해보면 레나는 핫마법도 일단 쓸 수는 있지만 생포하기에 적합한 공격법을 잘 구사하지는 못했다. 화염 계열도 아이스 계열도 상대를 불태워버리고 관통해버리는 것들뿐이었다.

상대가 인간이라면 죽이지 않고 다치게만 하는 것도 그리 어렵지 않지만, 야생동물과 마물은 힘 조절하기 까다롭다. 힘 조절을 잘못했다가 상대가 겁먹지 않고 그대로 달려들어 목덜미를 노리는 경우란 흔하니까.

……뭐, 레나가 그런 실수를 할 것 같지는 않지만…….

*　*

순식간에 끝났다(죽이지는 않았다).

쓸데없이 괴롭게 하는 건 불쌍하게 느껴졌는지, 메비스의 물리적인 골절 분쇄계 그리고 후각이 발달한 늑대류가 몹시 고통스러워할 핫마법을 자제하고, 마일의 구속(바인드)계 마법에 맡긴 메비스와 폴린.

그리고 땅을 구르는 늑대 한 마리.

시끄럽게 짖어대니, 입도 묶어서 짖지 못하게 했다.

"……그런데 생포해서, 이제 어쩔 거예요?"

"…………."

폴린의 질문에 입을 다무는 레나.

"레나, 설마 아무 생각도 없이……."

"시, 시끄러워! 촌장 이야기가 너무 수상하니까 그 사람들을 쉽게 믿고 토벌하는 건 좀 아닌 것 같았단 말이야!"

메비스에게 그렇게 대답하는 레나.

다른 마물과 동물은 아무렇지 않게 잡았으면서, 왜 이 늑대만은 특별 취급하는가…….

"……뭐, 한 마리여서 우리도 여유가 있었고, 왠지 느낌상 우리를 공격하려던 것 같지 않았으니까요. 살기 같은 게 느껴지지 않았으니……. 게다가 아무리 우리가 모두 여성이고 그중 절반에게서 쉿내가 안 난다지만, 고작 한 마리가 인간 네 명을 정면으로 공격할 것 같진 않았어요. 애초에 늑대류는 무리 지어 사냥하는 습성이 있으니 사냥감을 발견하면 무리에게 알려서 다 같이 오잖아요, 보통은? 단독으로 공격하는 건 부자연스러워요. 또 죽이지 않고 포획했으니까요. 역시 레나 씨예요!"

"""그렇구만!"""

"……그, 그런 거야!"

마일의 설명(감싸기)에 메비스와 폴린이 납득하자, 코를 찡긋거리면서 거만한 표정을 짓는 레나였다.

그리고…….

"……그런데 생포해서, 이제 어쩔 거예요?"

"…………."

다시 폴린이 질문을 반복하자 입을 다무는 레나.

막상 잡긴 했지만 심문할 수 있는 것도 아니고…….

구속마법에 묶여 땅에 누워 있긴 하지만 아무래도 죽일 것 같진 않다고 생각했는지, 난동 부리지 않고 눈을 글썽거리며 귀엽게 올려다보는 늑대.

……아무래도 이 녀석은 마물이 아니라 그냥 동물종 늑대인 듯했다.

늑대류에는 마물…… 먼 옛날에 이세계에서 온, 가축과 인간을 공격하는 사나운 놈들과 원래부터 이 세계에 있었던 『동물』로 분류되는 녀석들이 있는데, 둘 다 크게 다르지는 않다.

일단 암흑 늑대(다크울프)는 마물, 초원 늑대(스테픈울프)는 동물이라고 하는데, 삼림 늑대(포레스트울프)는 어느 쪽에 속하는지 학자들의 의견이 분분한 듯하고, 그들의 혼혈인 중간종이 무리로 규정되어 버려서 이제는 뭐가 뭔지 모를 지경이 되어버린 것이다.

"……혹시 『따라오는 늑대』*일까?"

"앗? 그거, 여자애에게 몹쓸 짓을 한다는……?"

마일이 중얼거리는 소리에 깜짝 놀라 반응하는 폴린.

그렇다, 폴린은 신체적 특징 때문에 남자들이 치근덕거릴 때가 많았다. 그래서 이런 화제에 예민했다.

---

*送り狼. 밤중에 뒤따라오는 늑대 요괴. '여자를 친절하게 바래다주는 척하면서 나쁜 짓을 하는 남자'라는 뜻도 있음.

그리고…….
"그럼 바로 죽여버리자!"

히익!

인간의 말을 알아듣는 것도 아닐 텐데, 레나의 분위기와 말투 그리고 살벌한 시선을 보고 왠지 모르게 신변에 위험을 느꼈는지 잔뜩 겁먹은 듯한 늑대.
"아니 아니, 인간이 나중에 마음대로 뜻을 추가해서 늑대가 억울하게 피해당한 쪽 말고요. 원래 뜻이요! 늑대 중에는 자기 영역을 침범한 인간을 감시하고 자기 영역에서 나갈 때까지 뒤를 밟는 습성이 있는 개체가 있어요. 그리고 인간이 자기 영역에서 나가면 돌아가는 거죠. 그게 마치 숲에서 길을 잃은 사람을 지켜주고 바래다주는 것처럼 보이는 거예요. 게다가 늑대가 붙어 있으면 다른 들짐승이나 마물이 접근하지 않잖아요. 늑대가 사냥 도중에 먹잇감을 빼앗기면 얼마나 눈이 돌아가는지는 다른 들짐승과 마물들도 잘 알고 있으니까요. 게다가 늑대는 무리 지어 사냥하니까 그 늑대 이외에 다른 동료들이 몸을 숨긴 채 사냥감을 쫓는 도중일지도 모르는데, 그렇게 쉽게 건드릴 숲의 서식자는 없죠. 다시 말해서……."
"뒤를 밟힌 인간 입장에서는 정말 감사해야 할 수호신이라는 얘기인가……. 특히 그 대상이 만약 미아라면 부모들의 고마워하는 마음은 이루 말할 수도 없겠네……."

메비스의 말에 고개를 끄덕이는 마일.

"늑대도 좋은 구석이 있구나……."

그리고 감탄하는 레나였는데…….

"하지만 발을 헛디뎌서 넘어진다거나 갑자기 동작을 크게 하거나 큰 소리를 낸다면 반사적으로 공격해서 죽일 수 있어요. 『따라오는 늑대』의 부정적인 의미와 『야마이누(山犬)』, 『오쿠리이누(送り犬)』* 전승의 바탕이 된 습성이죠……. 그리고 굶주린 상태라면 처음부터 달려들어 잡아먹으려고 할 거예요. ……아, 『야마이누』랑 『오쿠리이누』는 다 늑대를 말해요. 그러니까 야마이누(山犬)는 늑대이고, 『집개(家犬)』가 아마도 레나 씨가 아시는 『개』니까 헷갈리시면 안 돼요!"

"어떻게 그리 잘 알아?!"

"마일, 이 대륙에 온 지 얼마 되지도 않았으면서……."

"마일 짱……."

소리를 빽 지르는 레나, 어이없어하는 메비스와 폴린.

"아, 그게, 방금 말한 건 제가 살던 지역의 이야기인데……. 뭐, 이 근방도 늑대의 습성은 비슷할 것 같아서요, 아하하……."

"""""…………."""""

뭐, 마일이 이상한 이야기를 이것저것 많이 알고 있는 건 새삼 어제오늘의 이야기도 아니다.

한편 아무래도 자신이 위기에서 벗어났음을 감지했는지, 눈물을 글썽이면서도 안심하는 듯한 늑대였다…….

---

*일본 전설에 나오는 개 요괴.

*　*

“자, 이제 가죠!”

예전에 체인 가게(『체인점』이 아니다) 이야기가 나왔을 때 레나가 짓궂은 장난삼아 사 와서 마일에게 들이밀었던 구리(스틸) 체인.

마일의 아이템 박스에 보관해두었던 그 체인, 그리고 언제 어떤 크기의 복슬이…… 고양이, 개, 사슴, 펜릴 등, 무얼 맞닥뜨리든 대응할 수 있도록 마일이 모든 크기로 만들어두었던 목줄과 하네스들.

그것을 꺼내 붙잡은 늑대에게 채워보는 마일이었다.

……참고로 언제 홀딱 젖은 어린 소녀를 만나도 도와줄 수 있도록 아이템 박스 안에는 각종 사이즈의 속옷과 옷도 준비되어 있었다.

단, 어른용은 없었다.

어른은 자기 책임이므로 마일의 담당 밖이나…….

“혹시 모르니까 살짝 우호적인 태도를 보여주죠.”

그리고 마일은 아이템 박스에서 고기를 꺼내 늑대에게 건넸다.

야생동물은 인간과 미각이 다른 만큼, 너무 바짝 구운 고기는 입맛에 맞지 않을 수도 있었다.

그래서 이럴 때를 대비한 블루레어 오거 고기*(유기농과는 아무 상관 없는)이었다.

---

*일본어로 '오가 니쿠'. 유기농의 영어 발음인 Organic의 말장난.

참고로 블루레어는 레어보다 더 날고기에 가까운데, 레어가 중심부는 분홍빛이어도 안까지 열이 미치지만, 블루레어는 겉을 수십 초 구웠을 뿐이라 속은 거의 익지 않는다.

그러니까 표면을 몇 초 구웠을 뿐이지 속은 거의 날것…… 라멘의 면발 종류로 비유하자면『표면의 밀가루만 털어낸 것』이라든지『김만 쐰 것』에 해당하는……인데, 그런 건 그냥 날고기나 다름없다.

가끔 레어를 주문하면 속이 차갑고 거의 익지 않은 고기가 나오는 경우가 있는데, 그럴 때는 조금만 더 구워 달라고 부탁해야 할 것이다.

늑대는 겉만 살짝 구워서 좋은 냄새가 나는데 속은 거의 익지 않은 블루레어 오거 고기가 꽤 마음에 들었는지, 타의에 의해 착용한 하네스와 체인은 별로 신경 쓰지 않고 꼬리를 살랑살랑 흔들며 고기를 먹어댔다.

'블루레어……. 그 비슷한 이름의 우주공모가 있었던 것 같은데…….'

그리고 여전히 뭔지 모를 생각에 빠진 마일.

"……그런데 이 숲, 늑대가 무리 지어 사냥할 만한 마물이랑 동물이 꽤 많은데. 굳이 멀리 떨어진 마을까지 가서 매번 가축을 딱 한 마리만 잡을 필요가 있나?"

"그러니까요. 무리 전체가 산양이나 양을 한 마리만 잡다니, 한 끼 식사로도 부족할 것 같은데……. 제가 늑대 무리의 우두머리라면 그 자리에서 무리 전체가 네다섯 마리를 먹어 치운 다음, 또 네다섯 마리를 잡아서 끌고 돌아가겠어요. 그걸 해마다 몇 번씩 하고 그 이상은 습격하지 않을 거예요. 그리고 인간들에게 그걸 『계산에 포함된 소모분』이라고 단념하게 만들고 그런 걸로 받아들이게 해서 오래 좋은 관계를 유지하는 거죠. 그게 이런 곳에서 잘 살 수 있는 비법이에요…….”

레나의 의문에 그렇게 대답한 폴린이었는데…….

“아니, 그럼 인간만 일방적으로 착취당할 뿐이잖아? 그러면 늑대를 섬멸해버리고 싶을 텐데, 분명…….”

메비스가 정면으로 반박했다.

“““그건 그러네…….”””

‘……어라? 촌장님이 분명『다음 날 아침에 사체가 남겨져 있었다』라고 했는데…….『먹고 남은 잔해』가 아니라『사체』라고 한 걸 봐서 원형을 유지하고 있었을 듯한……. 그리고 보통은 굴에 남아 있는 새끼 늑대랑 그 늑대를 돌보는 암컷을 위해서 가지고 돌아가려고 하지 않나, 잡은 먹잇감을……?’

살짝 의문을 느낀 마일이었는데, 정보가 부족했기에 더는 생각을 이어 나갈 수 없었다.

고기를 다 먹은 늑대를 앞장세워 걷기 시작한『붉은 맹세』.

아무래도 이 늑대는 마일이 목줄이 아닌 하네스를 채운 탓인지 자기가 붙잡혀 사슬에 묶여 있다는 것을 인지하지 못하고, 자기가 인간 네 명을 확보해 동료들이 있는 곳으로 데리고 돌아간다고 인식하는 듯했다. 그래서 태도가 당당했다.

"""""""…………."""""""

"앗, 앞에 늑대로 보이는 반응(에코) 있음! 수는, 한 마리!"

"전투태세!"

*　*

……그렇게 해서 쇠사슬을 손에 쥔 마일을 잡아당기며 앞장서는 **늑대 두 마리**.

물론 나중에 합류한 쪽에도 이미 블루레어를 먹였다.

동료가 의기양양하게 인간들을 **끌고 돌아가는 모습에** 처음부터 아무 의문도 품지 않았고, 또 자신에게 맛있는 고기(블루레어)를 바친 기특한 하인으로서 이 인간들을 무리가 있는 곳에 데리고 돌아가는 것이 옳다고 보았다.

*　*

"전방에 늑대로 보이는 반응 있음, 숫자는 한 마리!"

"전투태세!"

*　*

……그리하여 쇠사슬을 손에 쥔 마일을 끌고 앞장서는 **늑대 여섯 마리**…….

"음, 제목이 뭐였더라? 싸우러 가는 길에 동료 동물이 점점 늘어나는 그거……."

레나가 그렇게 중얼거리자 메비스가 대답해주었다.

"『복슬복슬 추신구라』?"

"아니, 그게 아니고……."

"그럼 킬러비(아프리카화꿀벌) 벌꿀로 만든 당고(경단)를 먹게 해주는 대신 동료가 되어 달라고 했던 그 이야기였나?"

"맞아 맞아! 『킬러비 당고』* 때문에 같은 편이 되는 그거!"

그 말을 듣고 폴린이 혼자 중얼거렸다.

"『용사 피치의 오거 퇴치』**……."

""그거닷!""

한편, 발바닥으로 어깨를 탁탁 치면 맛있는 고기가 무한정 나오는 신기하고 편리한 **좋은 것**을 발견해 무리가 있는 곳으로 가져갈 수 있게 되자, 꼬리를 흔들며 야단법석인 늑대 여섯 마리였다…….

"그나저나 인간한테 너무 거리낌 없는 것 아닌가요? 원래 야생동물은 쉽게 인간을 가까이하지 않잖아요? 그것도, 사냥감으로 잡고 잡히는 관계인 동물종 늑대랑 인간종 헌터라는 관계면……."

---

*일본 전래동화 『모모타로 이야기』에서 주인공 모모타로는 키비 당고(수수 경단)를 동물들에게 주고 동료로 삼아 함께 악당을 물리친다.

**『슈퍼마리오 브라더스』의 피치 공주가 최종 보스 쿠파를 퇴치하는 내용의 패러디.

마일의 의문에 대대손손 기사 가문인 메비스가 대답했다.

"마물은 절대 인간을 가까이하지 않지만, 동물은 꼭 그렇지도 않아. 그리고 처음 맞닥뜨린 동물이 인간에게 꽤 살갑다면 대체로 두 가지 경우를 생각해볼 수 있어. 하나는 원래 인간과 친밀한 개체일 경우. 예전에 인간이 사육했다거나 가까이 지낸 인간이 있어서 인간을 좋아하는 경우 등이지. 그리고 다른 하나는 인간을 마주친 게 처음이어서 적이라고도 아군이라고도 생각하지 않고 아무런 적의가 없는 경우. ……그럴 때도 물론 자기 영역의 침입자라거나 먹잇감이라는 식으로 인식해서 공격하는 게 일반적이겠지만."

""""…………."""""

지금까지 얻은 정보로 봐서 전자일 확률은 낮았다.

촌장 무리의 설명이 틀림없을 때의 이야기지만…….

그럼 후자인가 하면 그것도 생각하긴 어렵다.

야생 늑대가 자기 영역에서 발견한 **야들야들하고 맛있어 보이는 동물**을 과연 사냥감으로 인식하지 않고 우호적으로 대할까?

도저히 납득할 수 없는 얼굴인 레나 일행이었는데…….

"아!"

폴린이 갑자기 뭔가가 떠오른 듯했다.

"혹시 마일 짱을 『인간』으로 인식하지 않은 게 아닐지? 그 강한 힘, 막대한 마력량을 야생적인 감으로 알아차리고 『건드리면 안 되고 우호적으로 접근해야 하는, 자기들보다 강한 생물』로 인식해서 저자세로 나왔다거나……. 그리고 우리 세 사람은 마일 짱의 부하 혹은 마일 짱이 이미 잡은 사냥감이니까 건드리면 안 된다는 식으로…….”

““그거네!!””

“뭐예요, 그거라니!”

알겠다는 듯한 레나와 메비스. 그리고 발끈하는 마일.

체인으로 연결된 늑대 여섯 마리가 크게 기뻐하는 투로 시끄럽게 짖어댔다.

자기들이 붙잡혀 있다는 인식이라고는 전혀 없었다…….

* *

“도착한 것 같네요…….”

마일의 말대로 아직 숲의 중심부와는 멀지만, 늑대 영역의 중심부 가까이에는 온 것 같았다. 늑대 여섯 마리의 상태와 마일의 탐색마법에 뜨는 다른 늑대들의 위치를 통해 쉽게 파악할 수 있었다.

“동굴인가요……. 그렇게 깊지는 않은 듯하네요. 유적 같은 게 아니라 그냥 자연적으로 생긴 얕은 동굴에 자리 잡았나 봐요. ……그런데 늑대가 보통 동굴 같은 데서 사나……?”

“아니, 동굴은 그렇게 흔히 있는 게 아니니까 늑대 무리가 다 동굴에서 살 순 없는 것뿐이지…….”

마일의 의문에 메비스가 그렇게 대답했는데…….

“하지만 바위가 많은 데서 자면 몸이 아프고 겨울에는 땅에 체온을 빼앗겨서 힘들잖아요? 그냥 초원에서 몸을 웅크리고 자는 게 낫지 않나…….”

“비 올 때는 어쩌고!”

“비바람을 그대로 맞으면 체력이랑 체온을 빼앗기고, 적대하는 다른 짐승이나 마물에 대한 방어까지 고려하면…….”

“아니, 하지만 사람과 다르게 몸에 털이 있으니까…….”

갑자기 토론회가 열리고 말았다.

“아아아아, 토론은 나중에 해요! ……아니, 저도 그렇게 고찰하면서 노는 건 싫어하지 않고 헌터로서 호기심과 탐구심이 있는 건 좋다고 생각하지만, 지금은 **업무 상대와의 회담**을 우선해야죠!”

“““““미안…….”””””

고함을 치는 마일에게 순순히 사과하는 레나 일행.

마일은 좀처럼 화내는 법이 없지만 그만큼 화나면 무섭다.

오랜 사이인 것이다. 그 정도는 잘 아는 레나 일행이었다.

“……하지만 먼저 말을 꺼낸 사람은 마일 짱…… 으아악!”

그리고 경솔한 소리를 내뱉으려던 폴린이 레나에게 있는 힘껏 걷어차여 비명을 질렀다.

……폴린, 학습 효과가 아직 부족한 듯하다…….

* *

“그럼 이제 슬슬 최종 보스를 만나는 걸로…….”

하네스와 연결된 쇠사슬을 쭉쭉 끌어당기는 늑대 여섯 마리를 따라 동굴로 들어가는 마일과 그 뒤를 따르는 레나 일행.
마일이 진지하게 땅에 발을 박고 버티면 멈춰 세울 수야 있겠지만 평소 상태로는 아무리 힘이 세도 몸무게가 가벼운 만큼 쉽게 끌려갔다.
무엇보다도 지금 마일은 딱히 멈추게 할 생각이 없었는데…….
그리고 어디서랄 것도 없이 나타나 마일 일행의 뒤를 따라 걷는 늑대 몇 마리.
물론 앞쪽, 동굴 안에도 늑대들이 다수 기다리고 있었다.
하지만 마일 일행은 그들을 별로 신경 쓰지 않았다.
만약 무슨 일이 벌어지더라도 『붉은 맹세』가 진지하게 나서면 늑대가 스무 마리고 서른 마리고 간에 어떻게든 되니까.
그 아르반 제국 절대 방위전 때를 생각하면 **별 것도 아니**었다.
무엇보다도 늑대들에게서 적의가 느껴지지도 않았지만…….

역시 동굴은 그리 깊지 않고 기껏해야 20~30m 정도쯤 되어 보였다.
구멍의 지름도 그리 크지 않아서 마일 일행이 허리를 굽히지 않고 걸으려면 두 줄로 걷는 수밖에 없었다. 그보다 더 옆으로 퍼져서 걸으면 낮은 천장에 머리를 박을 위험이 있었기 때문이다.
……특히 이 중에서 제일 키가 큰 메비스가…….
"……어라?"
마일이 고개를 갸우뚱거렸다.
동굴 제일 안쪽에 늑대 한 마리가 앉아 있었다.

다른 늑대들의 배치를 볼 때 분명 그 개체가 무리의 우두머리 같았다.

게다가 색깔도 흰색.

이러고도 보스가 아니면 사기다.

……그런데 그 흰 늑대는 **덩치가 작았다**.

개체 특성상 몸집이 작다거나 암컷이라거나 하는 문제가 아니라 누가 봐도 어렸던 것이다.

게다가 예상하지 못한 손님에 놀라서 동요하고 있었다.

마일 일행을 **끌고 온** 여섯 마리 늑대들을 향한 얼굴에 명백하게 『뭔데, 이 녀석들은!』, 『왜 너희들 마음대로 이상한 걸 데려왔냐고!』 하는 비난의 표정이 어려 있었다.

하지만 전혀 개의치 않고 마일을 쭉쭉 끌고 흰 늑대 앞으로 데려가는 늑대 여섯 마리.

레나 일행은 걸음을 멈춘 상태로, 흰 늑대 가까이 다가간 것은 늑대들과 마일뿐이었다.

그리고 흰 늑대 앞에 멈춘 여섯 마리 중에 마일이 제일 처음에 잡았던…… 아니, **이 인간들을 제일 처음에 확보했던** 늑대가 마일에게 다가가 두 발로 서서 앞발을 마일의 어깨에 올리더니 오른쪽 발로 마일의 어깨를 탁탁 두드렸다.

"아~, 네네……."

그리고 지금까지 그래왔듯이, 요구하는 몸짓에 응해 아이템 박스에서 블루레어로 적당히 구운 오거 고기……시간이 멈추는 아이템 박스에 넣어두었기 때문에 금방 구운 듯 따끈따끈하고 군침

도는 냄새를 풍기는……를 꺼내 흰 늑대 앞에 내려놓았다.

『…………』

대놓고 의심쩍어하는 흰 늑대.

그도 그럴 터. 아이템 박스가 뭔지 알 리 없는 야생동물이 방금 목격한 것은 너무도 이해할 수 없고 수상한 장면이겠지…….

하지만 자기 눈앞에 놓인 아주 먹음직스럽고 군침 도는 냄새가 나는 고기.

상황을 봤을 때 자신에게 바치는 공물이 틀림없었다.

그걸 먹지 않는다는 것은 부하가 데려온 자들이 바친 선물을 거부하는 행위로 부하의 체면을 깎고 이 자들과의 우호 관계를 거부하는 것이었다.

무리의 보스로서 그래서는 곤란했다.

……그리고 무엇보다도 자기 앞에 놓여 있는 고기는 정말이지 맛있을 것 같은 냄새가 났다…….

덥석!

몸을 일으킨 흰 늑대가 자신에게 바쳐진 고기를 입에 넣었다.

그리고…….

우걱우걱우걱우걱!

순식간에 고기를 다 먹어 치운 흰 늑대가 마일에게 다가가더니…….

두 발로 서서 마일의 어깨를 탁탁 두드렸다.

"아, 네네, 더 달라는 말이죠……."

고기를 추가로 꺼내는 마일.

그걸 게걸스럽게 먹어대는 흰 늑대.

그리고…….

탁탁

우걱우걱

탁탁

우걱우걱

탁탁

우걱우걱……

몇 차례 반복하다가 마침내 만족한 듯 어린 흰 늑대가 마일의 다리에 몸을 비볐다.

"오오오, 애교부린다! 그리고 복슬복슬해요, 복슬복슬! 폭신폭신하고 부드러워요! 복슬복슬 천국이네요!"

마일, 뛸 듯이 기뻐했다!

쭈그려 앉아 어린 늑대를 만지니, 어린 늑대가 스윽 몸을 피했다.

"아……."

아쉬운 표정을 짓는 마일.

그때 어린 늑대가 자기 동료들을 향해 아우, 하고 살짝 울었다. 그러자…….

다다다다다다!

일제히 마일에게 뛰어들어 오동통한 발바닥으로 어깨를 탁탁 때려대는 늑대 무리.

"그, 그만! 아니, 복슬이들이 다 모여서 기쁘긴 하지만 이건 그마아안~~! 그리고 어른 늑대는 털이 꽤 거치네요! 어린 늑대처럼 보드랍지 않고 뭔가 냄새가 구려요! 아아아, 발바닥이, 발바닥이 온몸에에에! 천국인지 지옥인지 알 수가 없네에에에!"

목소리는 들리는데, 늑대들에게 파묻혀 마일의 모습이 보이지 않자 어깨를 움츠리는 레나 일행.

"저기, 늑대가 몸을 비비는 건……."

"응, 『이건 내 거!』라는 의사 표시야. 자기 냄새를 묻혀서 소유권을 주장하는 거지."

레나에게 대답하는 메비스.

"그리고 그 신호 같은 울음은……."

"자기는 이제 만족했으니까 다음은 너희가 먹으라는, 무리 리더가 부하들에게 보낸 신호겠지, 아마도……."

"""아, 역시……."""

무한 발바닥.

어깨를 때리면 고기 하나가 뚝딱.

요술 방망이가 자신들 무리의 보스에게 충성을 맹세했다. (맹세 안 했다.)

이제 무리의 모든 늑대가 난리를 부렸다.

동굴 밖에서 망을 보던 늑대들도 모두 돌아와 대잔치가 열렸다.

……늑대는 술을 마시지 않는 만큼 취해서 설교를 늘어놓는 일도 없기 때문에 모든 행동은 오직 하염없이 『먹는 것』에 집중되었다.

천하의 마일도 그 정도로 방대한 양의 블루레어 오거 고기를 가지고 있진 않았기에 모두 동이 났다.

그래서 일단 동굴 밖으로 나가 아이템 박스에서 꺼낸 **생** 오거와 오크를 레나가 불마법으로 겉만 살짝 구워 재빨리 고기 물량을 늘렸다.

……동굴에서 나온 까닭은 그런 데서 불마법을 썼다간 산소 부족으로 죽어버릴 것 같았기 때문이다.

마일이 말해주지 않아도 레나와 폴린 역시 잘 아는 사실이었다. 불마법을 쓰는 마술사의 상식 같았다.

메비스 역시 『마법을 쓰는 전술』을 공부해 알고 있는 모양.

마물 고기는 얼마든지 많이 있었다.

아르반 제국 절대 방위전이 끝난 후에 막대한 양의 사체를 보고, 고기와 소재를 쓸 수 없게 썩어서 넓은 황야가 병균과 기생충 소굴이 되는 것을 걱정한 마일이 그 많은 양을 전부 아이템 박스에 수납했기 때문이다.

특히 맛있어 보이는 것과 비싸게 팔릴 만한 것을 중심으로…….

그래서 식육으로 어디서든 확실하게 팔리는 오크와 오거뿐 아니라 히포크리프와 만티코어, 지룡, 와이번 등을 비롯해 다양한 종류의 수많은 마물이 마일의 아이템 박스에 수납되어 있었다.

그 전쟁에서는 잡지 못했던 신종 뿔토끼(혼래빗)도 나중에 시간 여유가 생겼을 때 꽤 많이 잡았다.

신종은 고기가 씹는 맛과 감칠맛이 더 많을지도 모른다고 생각한 마일이 연구와 조리 실험을 위해 대량으로 원했던 것이다. 『마물 요리는 뿔토끼로 시작해서 뿔토끼로 끝난다』나 뭐라나…….

그래서 마물 재고는 충분했는데, 마일 일행은 구대륙에서도 신대륙에서도 그것들을 헌터 길드와 상업 길드에 팔지 않았다.

그런 걸 막 팔아대면 마물을 솎아내는 숫자를 계산하고 조정하는 전문가와 연구자들의 노력이 허사로 돌아가고, 시세가 폭락해 큰일이 벌어질 테니까.

……이 대륙에 와서 가장 처음에 팔았던, 이세계에서 온 개체가 아니라 구대륙 재래종 한 마리는 확인 작업을 위한 것이었으니 예외로 한다.

한편 『원더 쓰리』 역시 그때 마일 일행에게 듣고 똑같이 대량의 마물을 아이템 박스에 수납했었다.

조금씩 팔면 평생 편하게 살 수 있는 양이긴 했지만, 아무래도 성실하게 살아가는 사람들에게 민폐 끼치지 않으려면 대량으로 팔기 어렵기에 지금은 『붉은 맹세』와 마찬가지로 아이템 박스에서 거름이 되어가고 있었다.

여하튼 그런 이유로 아이템 박스 안에 고기가 거의 무한하게 들어 있었고, 게다가 마법으로 물을 얼마든지 만들어 낼 수 있는 마일이 있으니 이 늑대 무리는 얼마든지 개체 수를 늘려 몸집을 키울 수 있었다.

배불리 고기를 먹고 만족한 늑대들이 동굴 안으로 들어갔고 흰 늑대는 처음 자리 부근에 다시 앉았다.

……아무래도 거기가 정위치인 모양이었다.

그리고…….

탁탁!

"……음?"

탁탁!

마일 쪽을 보면서 자기 옆 땅을 앞발로 가볍게 때렸다.

"여기 앉아, 그런 뜻인가요?! 제가 첩이에요, 애인이에요?! ……아니, 귀여운 복슬이야 물론 싫지 않지만, 고기가 목적인 정략결혼은 싫어요, 무리에 들어가지 않을 거예요!"

그렇게 화내는 마일에게 레나가 한마디 던졌다.

"……마일, 너 일생에 단 한 번 받아보는 프러포즈일지도 모르는걸? 받아주는 게 좋지 않아?"

"으아악~~!"

소리 지르는 마일.

"……마일 짱이라면 늑대 무리 속에서도 잘해 나갈 수 있을 거야."

"응, 나도 그렇게 생각해……."

폴린과 메비스가 쐐기를 박자 철퍼덕 땅에 두 손을 짚는 마일.
그 모습을 본 늑대들은 자신들의 동료가 되기로 해서 사족보행하기로 했다고 여기고 더욱 흥분했다.
……그냥 다 엉망진창이었다…….

* *

"……여하튼 의사소통이 안 되면 아무 일도 안 돼요!"
"아니 그거야 처음부터 알고 있었잖아!"
"그런데 마일 짱이라면 늑대랑도 의사소통이 될 것 같은데……."
"어어, 사고 수준이 같아서."
"시끄러워욧!"
모두가 서슴없이 말하자 버럭 화낸 마일.
"……그래서 어떻게 하면 될지……."
마음을 가다듬은 마일이 고민했지만, 마땅히 좋은 방법이 떠오르지 않았다.
"누구……, 아니, **뭔가**에게 통역을 부탁해보는 건 어떨지?"
"엥? ……아, 그런가!"
폴린의 제안에 그렇구나, 하면서 손뼉을 치는 마일.
폴린도 신의 나라에서 찾아왔다는 미지의 생물(나노머신)에 대해 마일로부터 들어서 알고 있었다. 그래서 그렇게 제안했으리라.
하지만…….
'나노한테 통역해달라고 하는 건 뭔가 진 기분이 들어서 싫은데.

……그렇지, 번역마법을 쓰는 거야! 나노가 일일이 통역할 필요 없이 내가 늑대의 말을 바로 알아듣게…….'

【……무리! 무리입니닷! 저희가 개입해 뇌파를 해석해서 통역하는 것은 가능하지만, 직접 늑대의 언어를 알아듣게 하는 건, 마일님의 뇌에 나노칩이라도 심지 않는 이상에는 무리라고요! 그리고 조물주 님이시라면 모를까, 저희에게는 생물의 뇌를 건들 권한은 없을뿐더러 설령 권한이 있다고 해도 그런 건 못 합니다! 그러지 마시고 그냥 평범하게 저희가 통역할게요!】

'윽……. 그건 싫은데…….'

나노머신이 일일이 통역하게 하는 것도 싫지만, 뇌를 조작하거나 칩을 심는 것은 더 싫었다.

그래서 다시 고민에 빠진 마일.

'……그렇지, 나노 말고 통역할 수 있는 자를 부르면…….'

【음?】

"고룡을 불러서 통역을 부탁해요!"

""""뭐어어?!""""

마일의 제안에 깜짝 놀라 소리친 레나 일행.

【엑~~~!】

그리고 비통하게 소리치는……마일만 들을 수 있는…… 나노머신.

"……너 또 무슨 터무니없는 소리를……."

"고룡이 늑대 말을 할 수 있나?"

"왠지 불안하기만 한데요……."

그리고 그래도 괜찮은지 걱정하는 세 사람.

"고룡이 인간종과 대화할 때는 인간종의 언어로 말하지만, 다른 동물이나 마물이랑 대화할 때도 꼭 그 생물의 언어를 쓰는 건 아닌 듯했어요. 상대의 사념파…… 상대의 생각을 마법으로 직접 파악하고 자기 생각을 보내는 방법을 쓰는 거죠. 그게 아니라면 성대 구조가 완전히 다른데 다양한 생물의 청각에 맞게 발성하기란 불가능하니까요. 우리 인간도 설령 새의 언어를 이해할 수 있다고 한들 똑같은 소리로 울 수는 없잖아요? 또 애당초 다른 동물과 마물들이 우리와 어려움 없이 대화할 만큼 복잡한 언어를 가졌을 리 없고……. 고룡이 인간과 아무렇지 않게 대화할 수 있는 건 **그렇게 만들어졌기 때문**이에요."

""""아하!""""

그렇다, 고룡은 『만들어질 때』 인간의 언어를 발음할 수 있게 성대 구조가 조정되었는데, 그렇다고 해서 딱히 다른 생물과도 소통할 수 있는 만능은 아니었던 것이다.

그 사실을 마일은 예전에 나노머신에게 들었었다.

그리고…….

【으에에에에에에엑~~!】

모처럼 자신들이 나설 차례였는데 고룡에게 기회를 빼앗기게 생긴 이 상황이 비통해서 소리를 내지르는 나노머신이었다…….

"……그래서 지금 케라곤을 부를 거야? 시간이 좀 걸릴 텐데?"

"아뇨, 다른 방법을 쓸 거예요."

"다른 방법?"

마일의 대답에 의아한 표정을 짓는 레나.

"네. 케라곤 씨가 돌아가기 전에 말했었죠. 『이 대륙에 있는 고룡 마을에 가서 인사하고 구대륙의 고룡 마을로 돌아갈 거다』라고……. 그리고 저에게는 케라곤 씨한테 받은, 명예 고룡과 명예 평의위원이라는 증거인 용의 보옥(드래곤볼)이 있어요. 그러니까……."

""""이 대륙에도 고룡이 있고, 구대륙의 고룡과 친분이 있다! 그러니까 부탁을 들어줄 가능성이 아주 높아!""""

그렇다, 꽤 기대해볼 만했다.

"그럼 바로……."

'나노, 부탁해!'

【……알겠습니다…….】

몹시 불만스러워 보이기는 했지만, 어쩔 수 없다는 투로 마일의 부탁을 들어주는 나노머신.

【여기서 제일 가까운 고룡 마을에 영상과 음성을 보내겠습니다. 교섭은 직접 해주세요.】

'알았어! 고마워, 나노!'

【…………….】

마일에게 부탁받고 감사 인사를 듣는 것은 기쁘지만, 통역 일을 고룡에게 빼앗기는 것은 별로다.

그런 복잡한 사고가 가능한 나노머신이었지만, 말로 내뱉지는 않고 마일이 부탁한 일에 충실히 임했다.

【여기서 가장 가까운 위치에 있는 고룡 마을에 쌍방향으로 영상과 음성 전달 회선을 형성했습니다. 자, 말씀하세요.】

마일의 앞에 스크린이 펼쳐졌다. 거기에 비친 것은…….

『구루루! 구라, 고로레리스, 고루라!!』

놀라서 뭐라고 소리치는 고룡들의 모습이었다.

아무래도 고룡들이 모여 있는 장소의 약간 높은 상공에 스크린이 형성된 모양이었다.

"아~ 갑자기 이상한 화면만 떴을 뿐 처음부터 인간종의 말을 막 하는 건 아니군요……. 우리는 인간종, 인간이에요! 지금 멀리 떨어진 곳에서 마법으로 여러분에게 말하고 있어요. 대표자분 계신가요?"

마일이 그렇게 부르자 점점 더 혼란스러워하는 고룡들.

그리고 잠시 후 그중에 고룡 한 마리가 입을 열었다. 이 중에서 지위가 가장 높은 존재 같았다.

『인간이 허락도 없이 우리 고룡에게 말을 걸다니 참으로 무엄하구나!』

""""""아~……."""""

이 대륙의 고룡은 구대륙에서 있었던 『붉은 맹세』의 활약도, 마일에 대해서도 전혀 모를 터.

그러니 이런 반응은 지극히 당연했다.

……하지만 마일 일행에게는 **무기**가 있다.

"저기, 다른 대륙에서 온 케라곤 씨라는 분(고룡)을 모르시나요?"

『……뭐라고? 그, 그럼 설마 너희가, 케라곤 님이 말씀하셨던…….』

마일의 이야기를 듣자마자 몹시 동요하는 고룡.

아직 어린 케라곤에게 『님』 자를 붙인 이유는 다른 대륙에 사는 씨족의 예방으로 여기고, 사자로 예우했기 때문이리라.

"케라곤 씨가 뭐라고 말씀드렸는지 모르니까 그게 저희가 맞는지는 알 수 없지만, 케라곤 씨의 씨족으로부터 명예 고룡 칭호를 받은 사람이 바로 저예요."

이제 일단 이야기는 들어줄 터.

그렇게 생각한 마일이었는데…….

『아, 그 전사대에게 완승을 하고 신의 명을 받들어 동쪽 대륙에 사는 우리 고룡 씨족이 조물주 님께 받은 사명을 다하는 데 협력해 주었다는 신의 사자, 「명예 고룡 마일과 그의 하인들」인가! 』

""""누가 하인이야!!""""

레나 일행, 발끈했다.

『그리고 전사대와 평의원의 발톱과 뿔에 조각을 해줘서 암컷들 사이에 굉장한 인기를 얻었다는, 그…….』

"개인 정보가 줄줄이 다 새어 나갔네! 케라곤 씨, 대체 저에 대해 어디까지 말한 거냐고요!"

*　*

『……알았다. 그럼 당장 그쪽으로 가마. 고르바 마을 근처에 있는, 인간들이 「들어가지 않는 숲」이라고 부르는 곳 맞지?』

"아, 네. 그럼 부탁드릴게요……."

그리고 통화 회선을 닫는 마일.

"으~음……."

"왜 그래?"

일이 척척 진행되어 기뻐해야 할 상황인데 마일은 왜 그러는지 생각에 잠긴 모습이었다.

늑대들도, 왜 저러나? 하면서, 보스의 새 애인의 상태에 살짝 걱정스러워하는 표정들이었다.

"아니 저는 늑대 애인이 될 생각이 없다니까요!"

늑대들의 태도를 보고 대충 상황을 알아차린 마일.

"그나저나 아까 마일의 마법을 보고도 별로 안 놀라네, 늑대들……. 아무리 마법의 창 너머였다고는 하지만 고룡들이 보였는데 말이야……. 실제로는 가까이에 있는 게 아니어서 마력이라든지 위압감 같은 걸 못 느꼈나……."

메비스의 말대로 늑대들도 스크린은 봤을 텐데 별로 동요한 모습을 보이지 않았다.

"그것도 그렇지만 그 고룡 씨, 『고르바 마을』이랑 『들어가지 않는 숲』 등을 알고 계셨죠? 보통 고룡들은 인간의 도시와 마을의 이름이라든지 인간이 마음대로 붙인 지명 따위는 굳이 기억하려고 하지 않는데 말이에요. 자기들이 붙인 명칭만 쓰니까……. 애당초 자기들이 붙이는 명칭도 『서쪽 도시』라든지 『호수 쪽에 있는 숲』 같은 느낌으로 고유 명사는 거의 안 쓰는 것 같고요……."

""""아…….""""

물론 레나 일행도 그 정도는 알았다.

그래서 당연히 마일이 말한 부분 역시 눈치채고 있었다.
"그 고룡들, 이 근방에 특별한 관심이 있나?"
"그래서 쉽게 부탁을 들어준 걸까……. 보통은 인간이 통역을 부탁한다고 해서 순순히 받아줄 고룡은, ……아, 케라곤 씨는 빼고…… 없지 않아?"
"그리고 『그쪽으로 당장 가마』라고 말했잖아요? 『보낼게』가 아니라. ……그 말은, 말단을 보내는 게 아니라 그곳에서 제일 높은 신분으로 보이던 그 개체가 직접 오겠다는 건데……."
""""""…………."""""""

"고룡 씨가 오면 직접 물어보면 되죠!"
"뭐, 그야 그렇지만……."
마일의 말에 일단은 납득하며 대답하는 레나.
그리고…….
【고룡한테 통역을 시킨다지만 어차피 사고파 해석으로 늑대와 고룡을 소통하게 하는 건 저희니까, 원래는 늑대와 마일 님 사이의 통역이, 늑대와 고룡 사이의 통역 그리고 고룡과 마일 님 사이의 대화가 되는 것뿐이라서 쓸데없는 수고만 더 드는 건데요……. 아무 의미도 없다고요…….】
중간에 고룡을 끼워도 결과적으로는 나노머신이 통역하는 셈이다.
하지만 표면상으로는 고룡이 통역해주는 것처럼 보이기 때문에, 마일이 직접 대화하게 해주는 것과 통역에 대한 감사 인사를 받는 상대는 나노머신이 아니라 고룡이다.

【…………】

그리고 그게 영 달갑지 않은 나노머신들이었다…….

＊　＊

쿵, 쿵!

동굴 밖에서 기다리던 『붉은 맹세』와 늑대들 앞에 고룡 두 마리가 착지했다.

일단 인간들이 동요하지 않게 배려했는지 꽤 저공비행으로 온 듯했다.

고룡이 숲의 상공까지 오면 파이어 볼을 쏘거나 나노머신에게 부탁해서 이 장소를 알려줄 계획이었는데, 어떻게 된 일인지 헤매지 않고 직진해서 이곳으로 바로 날아왔기 때문에 아무것도 할 필요가 없었다.

그리고 무슨 영문인지 늑대들도 별로 놀라지 않았다.

보통 마물과 동물들은 고룡이 갑자기 눈앞에 착지하면 패닉에 빠져서 죽기 살기로 달아나는 게 일반적인 모습인데……

"……탐색마법 종류라도 쓰고 있는 걸까요?"

그런 의문을 느끼는 마일이었는데 자기도 혼자 생각해 만든 마법인 만큼, 인간보다 영리하고 마법 권한 레벨이 최소 2인 데다가 장수하는 고룡이라면 그 정도 마법쯤 만들어 내도 이상할 건 없었다.

두 마리 중에 덩치가 조금 더 큰 쪽…… 더 높은 신분으로 보이는 쪽이 마일을 향해 입을 열었다.

『네가 마일인가 하는 아이냐. 케라곤 님의 말씀에 의하면 네가 조물주 님의 명령을 받고 활약했다는 모양이니, 너의 부탁을 못 들어줄 것도 없지. ……단, 그 대신에……』

"그 대신에?"

『내 발톱과 뿔을 조각해줘야 한다……』

""""여기도 그거냐~~! 그럴 목적으로 직접 온 거냐고~~~!""""

*　*

구대륙의 고룡들과 달리 이 고룡은 마일을 극단적으로 치켜세우지는 않았다.

그것도 무리는 아니리라.

구대륙의 고룡들은 마일의 실력을 두 눈으로 직접 봤고, 마일은 자기들이 조물주에게 받은 사명을 다하기 위한 원동력이 되어주었다. ……게다가 신의 사도임을 모두가 보는 앞에서 증명했던 것이다.

반면 이 고룡에게 마일은 다른 대륙 씨족이 심부름 보낸 어린 고룡이 상기된 얼굴로 열변을 토하며 들려주었던 도저히 제정신이 아닌 것처럼 과장된 이야기에 등장하는, 아무리 봐도 그냥 평범한 인간(하등생물)에 지나지 않았다.

그래서 고룡인 자신이 저자세로 나오기는커녕, 어떤 배려와 경의를 보일 필요가 있다는 생각조차 하지 않았다.

……그렇다, 마일은 무슨 이유에선지 다른 씨족의 마음에 들었을 뿐인 일종의 반려동물로, 동족(인간)들에게 위해를 입지 않고 자유롭게 다닐 수 있게 해주겠다면서 씨족 고룡들이 반 장난으로 『명예 고룡』이라는 칭호를 내리고, 하등생물에게 『**우리 고룡과 함께 싸운 자니까 높이 받들어라**』라고 했던 거겠지, 하고…….

다만 심부름꾼으로 왔던 그 어린 고룡의 뿔과 발톱.

……그 근사함이란!

또 어린 고룡이 말했던 『**암컷들에게 너무 인기가 많아져서 힘들다**』라는, 곤란하다는 식으로 말했지만, 사실은 자랑이었던 그 고룡 열받게 하는 거만한 표정.

……아무래도 이 고룡은 그 말을 도저히 흘려들을 수 없었던 모양이었다.

게다가 실제로 암컷들이 그 어린 고룡의 뿔과 손톱을 보고 술렁거렸던 것이다.

이런 기회를 놓칠 수는 없었다.

……당연하다.

"알겠습니다, 그 정도라면 받아들일게요. ……저기, 그쪽 분도?"

마일이 덩치 작은 고룡을 보면서 물어보자, 큰 공룡이 잠시 생각한 후 입을 열었다.

『**……음, 이 녀석도 조각해주거라.**』

순간적으로 자기만 조각을 받아서 암컷들의 인기를 독차지하고 싶다는 생각이 들었던 모양이지만, 아무리 그래도 그 정도로 마음이 좁지는 않은 듯했다.

뭐, 자기가 수행원으로 데려온 만큼 특별히 아끼는 고룡이겠지.

이런 마음 씀씀이가 부하의 충성심을 깊게 하는 데 도움이 되리라.

"알겠어요. 그럼 부탁드렸던 일 말인데……."

『그래, 그건 잘름이 할 거다.』

아무래도 잡일은 말단에게 맡기는 모양이었다.

아니, 그야 당연하겠지. 그러려고 부하를 데려온 것일 테니…….

큰 고룡의 말을 받아 스윽 앞으로 나오는 작은 고룡……, 잘름.

『잘름이라고 한다. 실바 쪽과의 통역을 해주면 되는 거지?』

"……아, 네, 부탁드려요……, 음, 실바? 이 늑대 종족의 이름인가요, 그 『실바』라는 게……."

머리 위에 물음표를 띄우는 마일 일행에게 잘름이 설명해주었다.

『거기 흰 놈이 실바다.』

"……엥?"

""……에엑?""

""""흐에에에에엑~~?!""""

"질름 씨가 여기 사는 늑대의 개체명을 어떻게 알아요?!"

영문을 몰라 동요하는 마일이었는데…….

『아, 그게, 개체명이 아니라 이 무리의 통솔자를 부르는 이름이랄까, 그 자리의 이름이라고 할까……, 아무튼 리더를 그렇게 불러. 이번 대는 아직 유생체 같지만 말이야. 아마도 부모가 일찍 죽었나 보지…….』

"아니, 그래도 똑같아요! 그런 걸 어떻게 알고 있는지……, 아, 지금 중요한 건 그게 아니죠. 나중에 다시 얘기하기로 하고 일단은 통역을 부탁드릴게요."

『그래. 물어보고 싶은 걸 물어보아라.』

큰 고룡은 잡다한 일을 잘름에게 다 떠넘기고 자신은 관여하지 않겠다는 식으로 나왔다.

그래서 마일도 그쪽은 무시하고 잘름과의 대화에 집중했다.

"그럼 이렇게 물어봐 주세요. 동쪽에 있는 인간 마을에 가서 가축을 습격했느냐고……."

『……뭐?』

그 말을 듣고 의아한 표정을 짓는 잘름.

인간은 고룡의 표정을 알아볼 수 없지만 마일은 왠지 느낌으로 알아차릴 수 있었다.

……사람의 감정 변화에는 둔하면서…….

하지만 예상하지 못한 내용이어서 의아해한 거겠지 하면서 별로 깊이 생각하지는 않았다.

『괜찮겠지. 잠깐만 기다려라.』

그리고 고룡과 늑대가 각자 자신들의 언어로 대화를 나눴다.

실제로는 나노머신의 개입으로 뇌파 해석과 고막 진동을 통한 번역 전달이었기에, 입에서 나오는 말과 전혀 무관해서 아무 문제도 없었다.

『가지 않았다. 신과의 약속. 멀리 가지 않아도 여기에 먹잇감이 잔뜩 있다, 라는데……』

“““““역시…….”””””

왠지 그럴 것 같다고 생각한 마일 일행이었다.

“……그런데 『신과의 약속』은 뭐예요! 여기 와서 새 캐릭터의 등장인가요! 조물주, 선사 문명인이 냉동 수면이라도 해서 부활했냐고요!”

그렇게 소리치는 마일이었는데, 대답을 바로 들을 수 있었다.

『이들이 말하는 「신」은 바로 우리 고룡이다.』

“아, 네…….”

““““그럴 줄 알고 있었지…….””””

실망하는 마일 그리고 아니면서 억지 부리는 레나 일행.

그리고 마일은 물론 말을 놓치지 않았다.

“……그런데 그 **약속이**라는 건?”

그렇다.

그걸 모르면 아무것도 시작할 수 없다.

*　*

“……그러니까 옛날에 고룡이 이 늑대 일족의 선조들과 마을 사람들을 중개해줬다는?”

『그래. 수명 짧은 자들의 몇 세대쯤 전 하등생물끼리, ……이 숲에 사는 자들과 인간들 사이에 갈등이 생기는 바람에 헛되이 다치고 죽는 자들이 속출했었지. 그것을 걱정한 자애로운 한 고룡이 화해하기 위한 중개에 들어갔던 것이야.』

고룡 입장에서는 인간이나 늑대나 똑같이 『수명 짧은 자들』이겠지…….

"오오! 하등생물을 위해 힘써주신 고룡님이 계셨다니!"

그리고 이야기의 원활한 진행을 위해 고룡을 치켜세우는 마일이었는데…….

『그래. 내가 했지만 참 잘했다고 생각한다.』

""""당신이 했냐~~!!""""

아무래도 잘름 본인의 이야기인 듯했다.

아마 케라곤이 그랬듯 하등생물을 상대하는 게 좋았으리라.

인간이 고양이나 햄스터를 데리고 놀기를 좋아하듯…….

하긴 인간이나 늑대에게는 몇 세대 전의 일이라도 고룡에게는 얼마 전에 불과할 테니까.

그리고 높으신 고룡이 잘름을 데리고 온 건 그가 심복이어서가 아니라 당사자였기 때문인 듯했다.

"……그럼 하얀……, 실바가 말한 『약속』이란 건……."

마일이 마침내 핵심에 다가간 질문을 던지자…….

『그게, 인간들이 서서히 주거 범위를 넓혀 이 숲까지 개발의 손길을 뻗쳐서. 이 숲에 사는 짐승, 마물들과 다툼이 일어난 것이다.』

"……아니, 『다툼』이라니. 그거, 서로의 생존권을 건 전면전이 아니었는지…….”

마일 일행은 그렇게 생각했지만, 고룡 입장에서는 햄스터끼리 티격태격하는 정도로밖에 느끼지 않았으리라.

『그래서 내가 개입했더니 양쪽 모두 물러나 화해한 것이야. 하등 생물도 말하니까 잘 알아듣더구나…….』

“고룡이 중재하는데 반항할 생물이 어디 있어! 아무리 불만이 있다고 해도 말이야…….”

레나의 지적은 그대로 무시당했다.

역시 고룡들이 인정하는 것은 마일뿐이고 나머지는『하등생물』에 지나지 않았겠지.

어쩌다 마음이 내킬 때는 참견하고 놀아주지만, 상대 쪽에서 마음대로 말 거는 것은 안 된다면서…….

“그런데 그 중개 내용은…….”

마일의 질문에 잘름이 거드름 피우며 설명했다.

『인간들은 지금 사는 마을보다 숲과 가까운 곳에는 마을을 형성하지 않을 것. 그리고 밭 개간, 사냥 및 채취는 마을과 숲의 중간 지점까지만 할 것. 숲에 사는 자들 역시 주거지는 숲속, 사냥은 마을과의 중간 지점까지만. ……그리고 안전을 위해 중간 지점에 쌍방의 출입을 금지하는 완충지대를 설정했지. 알아보기 쉽게 바위가 많은 곳이라거나 거목 등 표식이 확실한 곳을 경계로 삼았으니 착각해서 완충지대를 넘는 일은 일어날 수 없어. 양쪽의 유생체(아이들)가 혼자 가기에는 마을에서도 숲에서도 꽤 거리가 멀고 말이야. 숲에는 다양한 종족이 사는데 서로 말이 통하지 않고 포식자와 피식자의 관계에 있는 자들도 있어 단합하기 어려운 만큼 숲에 사는 자들과 인간들이라는 관계일 때에 한하고, 숲에 사는 자들 가운데 영리하고 무리 지어 살고 법도가 계승되는 이 실바 종족에게 대표를 맡겼지. 뭐, 그래도 이런저런 문제가 일어날지도 모른다는 생각에 가끔 내가 상태를 보러 오긴 하지만 말이야. 인간들이 놀라 난리 피우지 않도록 날이 어두워진 이후 땅에 닿을락 말락 아슬아슬하게 저공비행을 하기 때문에 숲에 사는 자들밖에 모르지……. 그렇게 해서 인간들과 숲에 사는 자들이 싸우지 않고 평화롭게 살 수 있는 것이야. ……그래, 내가 했지만 참 잘했다!』

중요한 대목인지 조금 전과 똑같은 말을 반복한 잘름.

"그런데 저희가 마을 사람들한테 실바와 그 일족을 모두 죽이라는 의뢰를 받은 거네요……."

『뭐, 뭐시라아아아아아~~!』

"으아앗! 목소리가, 목소리가 너무 커요, 잘름 씨!"

마일 일행도 실바 일족도 고룡의 큰 소리를 버티지 못하고 뒤로 굴렀다.

그리고 숲에 정적이 찾아왔다.

……당연하다. 모든 곤충과 동물이 자기 보금자리에 뛰어 들어가 바들바들 떨고 있었을 테니까.

큰 고룡은 아무 생각이 없는지 가만히 있었다.

아마 잘름처럼 하등생물을 돌보고 도와주는 것을 취미, 놀이, 자선활동으로 생각하지 않아서 아무래도 상관없던 것이리라.

『내, 내 중재로 맺은 약속을. 하등생물끼리 서로 존중하고 평화롭게 살라고 내가 배려해주었던 그 약속을, 감히 깼겠다? ……용서 못 해!!』

그렇게 말하며 무서운 얼굴로 마일 일행을 노려보는 잘름이었는데…….

"아니에요, 저희와는 아무 상관 없어요! 저희는 그저 항구도시에 있는 헌터 길드 지부에서 의뢰를 받았는데 내용이 영 이상해서 조사하러 온 거라고요. 아니면 저희가 실바 종족이랑 사이좋게 같이 있고, 잘름 씨를 굳이 여기에 부를 리가 없잖아요!"

『……그건 그런가……. 음, 그 설명의 논리성을 이해하고 납득했다. 계속해라.』

"역시 인간보다 우수한 고룡님! 알아주셔서 감사하기 짝이 없습니다!"

마일도 고룡을 안 지 좀 되었다. 그래서 어느 정도의 조종법, **치켜세우는** 방법 정도는 터득했다.

그리고 항구도시의 헌터 길드 지부에서 자원봉사 느낌으로『미결 의뢰』를 받았다는 것, 마을의 불온했던 분위기 그리고 왠지 다른 의도가 있어 보였다는 사실. 게다가 양분된 듯한 마을 사람들의 의사까지.

전부 들려주자…….

『약정을 파기하고 숲을 건드릴 생각인 상위층과 그에 반대하는 자들의 대립인가. 그리고 길드인지 뭔지에 허위 의뢰를 내서 강제로 실바 일족을 전멸시키려고 했다는 건가?』

""""""그렇죠~!!""""""

생각이 일치한 듯한 『붉은 맹세』와 잘름.

『하지만 왜 그런 무모한 짓을 한다는 말이지? 우리와 연관된 약정을 깨면 분노한 우리 때문에 마을이 풍비박산 날 거라는 사실을 잘 알 텐데…….』

((((아~~…….))))

그 이유가 짐작이 가는 『붉은 맹세』 일동.

"저기, 아까 잘름 씨께서 『인간들이 동요하지 않도록 날이 저문 후 땅에 닿을락 말락 아슬아슬하게 저공비행』을 한다고 하셨잖아요? 그럼 혹시 잘름 씨가 약정이 잘 지켜지고 있는지 꾸준히 확인한다는 사실을 아는 건 숲에 사는 자들뿐, 마을 인간들은 마지막으로 잘름 씨의 모습을 본 이후로 몇 세대나 지났기 때문이 아닐까요? 그래서 약정을 중개했던 고룡은 그 순간의 즉흥적인 기분에 취했을 뿐이지 이후부터는 아무 상관 없어졌다고 생각하고 있다거나……."

『아…….』

"그리고 전승이 촌장 일족에게만 전달되었다거나 다음 세대에 전달하기 전에 전임자가 사고로 죽었다거나 공상과 망상과 소망이 가미되어 전승 내용이 그 원형이 사라질 만큼 변형되고 말았다거나 온갖 이유로 정확한 정보를 잃었다거나……. 그래도 마을 전체에 『숲을 건드리면 안 된다』, 『늑대, 특히 흰 늑대는 적대하면 안 된다』 같은 부분은 전승으로 남아 있다거나……. 아, 그 부분은 모든 마을 사람에게 알려주지 않으면 큰일 나니까 당연한가……. 그래서 이유를 잊어버린 전승보다 숲에서 얻을 수 있는 이익을 우선하는 쪽으로 이야기가 진행되었고 그 의견에 찬성하는 자들과 반대하는 자들로 갈라진……?"

"아! 그게 우리한테 적대적이었던 마을 사람들……."

레나의 지적에 고개를 끄덕이는 마일.

『음. 하등생물치고는 머리가 꽤 잘 돌아가는구나……. 그나저나 약정을 지키려는 자도 있으니 브레스 한 방으로 마을을 통째로 불태울 수도 없고……. 어떻게 한담……』

((((…………))))

큰일 났다며 표정이 굳은 레나 일행.

아무리 자신들을 속여 허위 의뢰를 받게 했다고는 하지만, 일부 사람들 때문에 마을 사람 모두, 여자와 아이까지 전멸하는 모습은 보고 싶지 않았다.

잘름도 그럴 생각은 없어 보였지만, 고룡이 아닌가. 더 열받게 하거나 만사 귀찮아지면 다 싸잡아 없애버려도 이상할 게 전혀 없었다.

체면을 구긴 고룡의 분노는 어마어마하다고 들었고, 이 고룡에게는 화낼 만한 이유가 있다.

대체, 어떻게 해야 좋단 말인가…….

으으으, 하고 고민에 빠진 레나 일행이었는데 도무지 좋은 생각이 떠오르지 않았다.

그래서 난감할 때는 마일만 믿는다는 듯 레나, 메비스, 폴린의 시선이 일제히 마일에게 쏠렸다.

"실은 나쁜 사람들을 혼내주고 두 번 다시 약정을 깰 생각도 못하게 만들 방법이 있는데요……."

마일, 역시 도움이 되는 아이였다.

제129장 약정

『흐음, 그렇군, 재미있을 것 같구나!』

고룡은 수명이 길어서 따분함이 주체가 안 되는 종족이다.

그 속에서 『하등생물과 관련된 즐거움』을 찾아낸, 케라곤과 같은 괴인 잘름.

그래서 마일은 잘름이 응할 거라고 예상했고, 그 예상은 적중했다.

"그럼 이 작전으로……."

『잠깐, 그 전에 하고 싶은 말이 있다.』

높으신 쪽 고룡이 갑자기 옆에서 끼어들었다.

그런데 아무래도 하등생물에게 자신의 이름을 밝힐 생각은 전혀 없어 보였다.

하등생물이 먼저 이름을 물어보면 화낼지도 모르기에 그냥 『높으신 쪽』, 『큰 고룡』 같은 머릿속 호칭을 그대로 쓰고, 말할 때는 상대를 부르는 단어를 피하는 수밖에 없었다.

어쨌든 그 『높으신 쪽』이 말하길…….

『먼저 내 뿔이랑 발톱부터 조각해라!』

""""""아~, 네네…….""""""

그 일이 끝나면 이 개체는 『내 볼일은 다 끝났다』 하면서 돌아가지 않을까.

그렇게 생각한 마일은 얼른 조각 작업을 끝내기로 했다.

고룡에게 조각해주는 작업은 이미 충분한 경험이 쌓였기에 새삼스럽게 어려운 일은 없었다.

게다가 혹시 결과물이 마음에 안 들더라도, 고룡의 뿔과 발톱은 빠지면 또 자라는 모양이었다. 그래서 마일도 비교적 부담 없이 조각할 수 있었다.

그게 아니라 만약 한 번 한 조각이 평생 유지된다고 했다면 마일도 조금은 더 주저했을지도 모른다.

고룡의 일생은 어마어마하게 기니까. 자기가 젊었을 때 깎은 졸작이 수천 년씩 계속 남는다니, 예술가에게 그보다 더 큰 고통이 어디 있으랴…….

* *

"……그래서 별에서 오는 빛에너지를 모아 적의 침입로에 쐈죠!"

『…………』

발톱을 조각해주면서 고룡들에게 이야기를 들려주는 마일.

몇 시간씩 아무 말 없이 조각만 하는 것은 마일에게 있어서 심리적 부담이 너무 컸다.

전생의 미사토 때는 처음 만나는 사람과 대화를 나누는 것조차 몹시 어려워했었지만, 그래도 남과 이만큼 가까운 거리에 있으면서 아무 말도 하지 않는 건 그와 또 다른 종류로 여간 힘든 일이 아니다.

그래서 세상 돌아가는 이야기 겸 정보 수집으로 고룡에게 이것저것 물어보았는데, 높으신 고룡으로부터 『우리만 계속 얘기하는 건 좀 이상하다. 너도 말해라』라는 말을 듣고 일이 이렇게 된 것이다.

보통, 고룡이 하등생물(인간) 중 한 개체에 흥미를 드러내는 경우는 없다.

하물며 세상 돌아가는 이야기라니, 관심도 없거니와 이해도 못한다.

그래서 당연히 마일의 이야기는 구대륙 고룡들 그리고 최종 결전에 관한 화제에 한정되었다.

그 이야기를 들은 두 고룡은, 사람들은 구분하지 못하지만 뭐라고 형언하기 힘든 미묘한 얼굴을 하고 있었다.

다른 대륙에 사는 씨족들이 보낸 심부름꾼인 케라곤이라는 젊은 고룡한테서 대충 이야기는 들었었다.

……하지만 도저히 믿기 힘든 내용이었던 것이다.

신의 사자.

조물주로부터 받은 사명의 성취.

그걸 이렇게 연약한 하등생물(인간) 암컷이…….

……믿을 수 있을 리 없다!

인정할 리 없다!

그리고 그 애송이는 고룡의 몸이면서 이 하등생물을 숭배하듯 굴었고…….

그래서 전부 자기 눈으로 직접 확인하기 위해, 고귀한 신분인 자신이 몸소 온 것이다.

그런데…….

"여기, 조금만 더 뾰족하게 깎는 게 좀 더 멋있을 것 같지만 그렇게 되면 강도가 살짝 떨어질지도 몰라요. 이대로 할까요?"

『……깎아 주라.』

"알겠습니다!"

그리고 삭삭 가뿐하게 **고룡의 발톱을 깎는 소녀.**

《말도 안 돼……. 이게 말이 되냐고…….》

쇠고 바위고 전부 다 찢어발길 수 있는 고룡의 발톱.

그걸 마치 무른 나뭇조각을 칼로 깎는 것보다도 더 쉽게 깎고 있었다.

심부름꾼으로 온 젊은 고룡한테 듣긴 했었다.

그리고 그 증거인 발톱과 뿔을 자세히 구경하기도 했다.

……하지만 그러고도 반신반의, 아니 믿지 않았다.

그런데…….

만약 이 순간, 이 하등생물 소녀가 손에 쥔 칼로 자기 심장을 찌른다면…….

《그게 말이 되는가…….》

그리고 그 어린 고룡의 말이 뇌리에 서서히 스며들었다.

《마일 님을 절대 적대해서는 안 됩니다. 그분은 인간이지만 절대 고룡의 적이 아니에요. 모든 생물을 자애로운 마음으로 품어주시는

신의 사자님이십니다…….》

『그게 말이 되는가…….』
"네? 갑자기 왜 그러세요?"
『아니, 아무것도 아니다…….』
생각을 자기도 모르게 입 밖으로 꺼내고 만 고룡.
《그게 말이 되는가…….》

*　*

"이런 느낌 괜찮으세요?"
『으……음……, 나쁘진 않다…….』
말투는 그랬지만 표정이 히죽거리고 있었다. 상당히 마음에 든 눈치였다.
『그럼 이번에는 뿔을…….』
"아, 잠깐만요. 다른 한 명…… 한 고룡님의 발톱을 먼저 깎고 싶은데요……. 발톱이랑 뿔을 번갈아 가며 깎으면 감을 잃어버릴 것 같아서……."
『음……. 기술자와 예술가란 본디 그렇다고 옛날에 인간이 말해주긴 했었다. 하고 싶은 대로 해라.』
"네, 감사합니다!"
놀랍게도 높으신 고룡이 옛날에 인간과 그런 대화를 나눈 적이 있었던 모양이었다.

……그리고 꽤 관대한 구석도 있었다.

'이 사람……용도 인간을 그렇게 싫어하진 않는 걸까…….'

마일이 그런 생각을 했지만, 물벼룩을 좋아한다고 말하는 사람도 싫어한다고 말하는 사람도 거의 없다. 그와 마찬가지로 고룡이 하등생물에 대해 굳이 좋고 싫은 감정을 가지는 경우는 흔하지 않으리라. 그리고 그 밖의 다른 감정도…….

……하지만 흔하지 않다는 말은 곧 **가끔은 있다**라는 뜻이기도 했다.

*　*

『…………』

입을 꾹 닫은 채, 마일이 광학적 조작으로 만든 거대한 유사 거울을 들여다보고 있는 두 고룡.

……마음에 든 것 같았다.

그 후, 손에 익어서 더 잘 깎게 됐을 때 높으신 쪽의 뿔을, 하고 설명한 다음 젊은 쪽…… 잘름의 발톱과 뿔을 먼저 조각하고 나서 높으신 쪽의 뿔을 조각했는데, 마일의 그런 설명이 또 고룡을 감동하게 했다.

본래 고룡이 말하면 그게 아무리 틀린 소리라도, 더 좋은 방법이 있더라도 이의를 제기하는 생물이란 없다.

그런 행동은 고룡의 자존심을 세워줄지는 모르지만, 매번 그런

식이면 재미가 없겠지.

하지만 고룡을 불쾌하게 만들고 싶은 생물이 어디 있겠는가.

그런데 이 하등생물은 높으신 고룡이 『나부터 해라』고 말했을 때 당당하게 반론을 펼쳤다.

그것도 건방진 반항심 때문이 아니라 연장자를 젊은이보다 더 잘 깎아주기 위해서.

그런 고집과 배려 때문에, 고룡을 화나게 만들 수 있는 위험을 아무렇지 않게 무릅쓴 것이다.

그냥 말하지 않고 가만히 있으면 결과물이 잘 나왔는지 어떤지도 잘 모를 텐데…….

……바보.

고룡은 그렇게 생각했다.

하지만 바보와 『어리석은 것』은 다르다.

그리고 고룡은 그런 바보가 그리 싫지 않았다.

《이대로 돌아가긴 뭔가 아쉬운 느낌이 드는구나……. 어차피 시간도 남아돌고 따분한데 잘름과 함께 끝까지 지켜보는 것도 하나의 재미…….》

* *

"……그럼 이제 드디어 작전 준비에 들어가자고요. 우선 개썰매, 아니아니, 늑대 썰매를 만드는 것부터……."

그리고 고룡에 대한 보답을 모두 마친 지금, 마일의 턴이 시작되려 하고 있었다…….

＊ ＊

“큰일났다아! 마물의 폭주(스탬피드)가 일어났다아아아!”

마을의 외책(外柵)을 지키던 파수꾼이 혈색을 바꾸고 소리치며 마을의 중심부로 달려왔다.

“““““““““으아아아아아아아악!”””””””””

마을 사람들이 비명을 질렀지만 어쩔 도리가 없었다.

이것이 왕도에서 온 조사단의 공지였다면 그래도 손쓸 방법이 있다.

방비를 단단히 한다거나 다른 곳으로 피난을 떠난다거나…….

하지만 외책 파수꾼이 눈으로 봤다는 건 공지와 마물의 도착 사이의 시간 차이가 몇 초밖에 나지 않는다는 뜻이었다. 많아야 수십 초겠지.

그런 짧은 시간에는 집에 들어가 문을 걸어 잠그는 것이 최선이었다.

그리고 마물의 폭주 앞에서는 허술한 목조주택 따위, 젖은 창호지만큼이나 방어력도 없다.

((((((끝장났어…….))))))

마을 사람들이 그렇게 생각하고 모든 것을 포기한 순간, **썰매**가 등장했다.

……한 대의 썰매가.

그것을 끄는 여러 마리의 개……가 아니라, 늑대.

그리고 그 뒤를 잇는 스무여 마리의 늑대들.

썰매 위에는 낯익은 소녀 넷과 새하얀 어린 늑대 한 마리가 타고 있었다.

아무래도 조금 전 『마물의 폭주』란 이를 두고 착각한 듯했다.

그렇게 알고 일단 가슴을 쓸어내리는 마을 사람들…….

"……아니 잠깐만, 안심할 만한 요소가 하나도 없잖아!"

"뭐야, 이 상황은!"

난리가 난 마을 사람들.

그리고 마일이 입을 열었다.

『나쁜 촌장은 없느냐~! 나쁜 유지는 없느냐~!』*

""""""으아아아아아아악~~!""""""

*　*

"……그래, 늑대들한테 이야기를 들었다고?"

그 후 마을 사람 대부분이 모인 광장에서 『붉은 맹세』와 촌장, 마을 유지들의 대화가 시작되었다.

건물 안은 늑대들이 들어갈 수 없고, 촌장파와 대립하는 사람들이나 중립을 지키는 사람들도 입회를 요구하며 물러서지 않았기에 대화의 장을 이곳으로 정할 수밖에 없었다.

……그런 이유로 지금 이곳에 마을 사람 대부분이 모였던 것

---

*일본 동북 지방에서는 12월 31일마다 마을 청년들이 도깨비 분장을 하고 "우는 아이는 없느냐~!" 하면서 집집마다 도는 전통 행사를 한다.

이다.

처음에는 늑대들을 무서워하던 마을 사람들도 마일 일행에게 순종적인 그들의 모습 그리고 무리의 보스로 보이는 흰색 어린 늑대가 마일 옆에 얌전히 앉아 있는 모습을 보고는, 아직 경계심을 완전히 푼 건 아니어도 어느 정도는 마음에 안정을 되찾았다.

"맞습니다! 늑대들은 『인간들의 마을에는 들어가지 않았다』라고 했습니다. 헌터 길드에 허위 의뢰를 내는 것은 길드를 속이고 헌터를 위험에 빠트리는 중죄입니다. 벌금과 비난 정도로 끝날 문제가 아니에요. 길드 측의 처벌이 내려질 뿐만 아니라 헌터를 고의로 위험에 빠트리려고 했으니 살인미수. 관헌에 체포, 범죄노예 대상이 됩니다."

마일의 말에 잔뜩 겁먹은 촌장과 중진들.

그 정도는 당연히 어린애라도 안다.

"아, 아니, 하지만 가축에 피해가……."

필사적으로 열변을 토하는 촌장이었는데…….

"어라라~? 참 이상하네~."

마일이 짜증 난다는 투로 말을 잘랐다.

"『들어가지 않는 숲』에는 늑대들이 사냥하기 좋은 동물과 마물이 잔뜩 있었어요. 그러니 굳이 이런 먼 곳까지 사냥하러 올 필요는 없는 것 같은데요……. 또 저희가 이 마을에 왔을 때 설명해주셨잖아요? 밤마다 가축이 한 마리씩 죽어서 다음 날 아침이면 사체만 남겨져 있었다고……. 이상하지 않아요? 이렇게 많은 무리가 매번 한 마리씩만? 심지어 사체를 끌고 돌아가지 않고? 늑대

굴에는 새끼 그리고 새끼를 지키려고 남은 암컷도 있는데…….
그거 정말 숲에서 온 늑대와 마물들의 소행이 맞나요?"

"""""""""""…………."""""""""""

입을 꾹 다문 채 안색이 흐려진 촌장파들.

그리고 마일이 하는 말뜻을 이해했는지, 다른 마을 사람들의 얼굴에 분노가 실리기 시작했다.

"무, 무슨 근거로 그런 말을…….""

"그럼 가축을 습격한 게 인간이 아니라 늑대라는 증거를 보여 주시겠어요? 설마 아무 근거도 증거도 없이 늑대들 짓이라고 주장하면서 길드에 허위 의뢰를 낸 것은 아니겠죠?"

촌장의 반론을 마일이 바로 꺾어버렸다.

"애당초 본인…… 본늑대들이 그 사실을 완전히 부정하고 있으니 굳이 논할 것도 없지만요."

'지금이닷!'

점점 위기에 몰리기 시작한 촌장이 기사회생의 기회를 붙잡았다.

상대가 말실수를 범한 것이다.

그 하나의 말실수를 물고 늘어지면 다른 부분까지 전부 헛소리라고 주장할 수 있다.

그렇게 생각한 촌장이 망설임 없이 지적에 나섰다.

"늑대의 말을 어떻게 알아들어?! 다시 말해서 네 말은 전부 거짓, 엉터리야!"

……히죽.

마일의 입꼬리가 살짝 올라갔다.

그렇다, 그것은『일부러 판 구멍』이었다.

촌장이『이 거짓말 하나만 파헤친다면』하고 생각했던 것과 똑같이, 역으로 보면『자신만만하게 반론한 것을 철저하게 무너뜨린다면』이라는 말이 된다.

"아뇨, 대화가 가능한데요?"

"그럼 여기서 증명해보실까!"

이제 네가 어쩔 거냐면서 우쭐대는 촌장.

그리고…….

"좋아요. 증명할게요."

"뭐라고?"

입이 쩍 벌어진 촌장을 무시하고 마일이 소리쳤다.

"잘름 씨, 나오세요!"

이곳에 그런 이름을 가진 사람은 없다.

그래서 마일의 그 말은 촌장 무리의 귀에 영문 모를 독백으로밖에 들리지 않았다.

그리고…….

【아, 네네, 알겠다고요!】

살짝 불만스러운 투로, 마을 근처에서 대기하던 잘름에게 그 말을 전달한 나노머신.

몇 초 후, 광장의 상공에 고룡 두 마리가 등장했다.

그리고 수직 낙하해서 광장에 살포시 착지. 마법에 의한 중력 제어 때문인지 그 날갯짓에도 주변 마을 사람들이 날아갈 정도의 바람은 일지 않았다.

그렇다, 초저공 비행으로 인간들 눈에 띄지 않게 마을에 접근한 후 조용히 걸어서 아주 가까운 거리까지 와 몸을 숨기고 있던 두 마리 고룡이었다.

""""""""으아아아아아아악~~!""""""""

패닉 상태가 되어 비명을 지르면서도 다들 몸만 덜덜 떨 뿐 아무도 그 자리에서 움직이지 않았다.

……무리도 아니다. 달아나려고 해봐야 만약 고룡이 달려든다면 인간의 다리로는 절대 도망칠 수 없다.

게다가 달아날 곳도 마땅히 없어서 기껏해야 자기 집에 뛰어 들어가 문을 걸어 잠그는 게 고작이었다. 그건 고룡을 상대로는 아무 도움도 되지 않는 행동이다.

마을 사람들이 마을의 멸망과 자신들의 죽음을 자각하기 시작했을 때, 그중 한 마리가 입을 열었다.

『나쁜 인간은 없느냐~! 나쁜 마을 사람은 없느냐~!』

마일에게 대사를 받은 잘름은 몹시 신난 상태였다…….

"으, 으아아아아……."

땅에 주저앉아 바들바들 떠는 촌장과 마을 사람들.

달아나자는 생각마저 머리에 떠오르지 않는, 압도적 강자의 위압.

고룡 앞에서 정상적으로 사고할 수 있는 사람은 그리 많지 않다. 전투직도 아니고 그냥 평범한 마을 사람이라면 더욱…….

그때 마일이 고룡 잘름에게 질문을 던졌다.

“고룡님, 저희와 늑대들의 말을 통역해주셨죠?”
『그래, 했지…….』
“그리고 늑대들이 마을의 가축을 잡지 않았다고 증언했죠?”
『그래, 했지…….』
“늑대들은 고룡님에게 거짓말할 만큼의 지능도 담력도 없죠?”
『그래, 없지…….』
마일이 촌장 무리가 있는 쪽으로 다시 몸을 돌렸다.
“이상, 『증명 종료(Q.E.D)』입니다!”
““““““““““…………. ””””””””””

……끝났다. 한순간에…….
자기 말이 옳다는 것을 증명하기 위해 고룡을 불러내는 사람이 세상 어디에 있단 말인가.
보통은 하등생물이 별 시답잖은 일로 불러내는 바람에 머리끝까지 화난 고룡이 나라를 멸망시키는 위험을 무릅쓸 바에는 차라리 그냥 입 다물고 억울한 죄를 뒤집어쓸 것이다.
그게 상식 있는 사람이 취해야 할 행동이다.
그런데 마일 일행은 태연하게 고룡을 불러냈다.
……심지어 두 마리나.
그런 미친 자들을 거슬러서는 안 된다.
화나게 해서는 안 된다.
이 나라가 흔적도 없이 다 타버리는 것을 막고 싶다면 말이다.
마을의 실권을 쥐어?

숲의 자원을 얻어서 돈을 벌어?

다 웃기는 소리다.

이 콩알만 한 마을은 물론이고 영지 그리고 국가가 멸망할 마당에 그게 다 무슨 소용이란 말인가…….

『그런데 내가 한 가지 묻고 싶은 게 있다.』

"으헤에엑~!!"

자신을 향해 고룡이 그렇게 말하자, 촌장은 무릎 꿇고 머리를 조아리며 그렇게 대답하는 것이 최선이었다. 정상적인 대답이 나올 수 있을 리 없었다.

『수백 년 전에 내가 숲에 사는 자들과 인간 사이의 갈등을 중재해주고 불가침 약정을 맺게 하였다. 그런데 왜 그 약정을 깨려고 했지? 왜 약정을 맺을 때 그 자리에 있었던 내 얼굴을 먹칠했느냐?』

이야기는 거기서 중단되었다.

촌장 그리고 그 일파들 대부분이 거품을 물고 기절했기 때문에…….

* *

"……그래서 숲의 짐승과 마물들은 『고룡 무서워. 인간들이 사는 데는 가면 안 돼』라는 간단한 전승을 모두 알고 있었던 반면, 인간 쪽은 일반 마을 사람들에게는 『'들어가지 않는 숲'에는 들어가면 안 된다』라고만 전하고 자세한 내용은 촌장과 장로만 구전으로 전달하다가 어느 시점에 그 전승을 잃어버린 듯해요. 뭐, 노인은 언제 저세상으로 떠날지 모르고, 긴 세월이었던 만큼 다음 세대에 전하기도 전에 촌장과 장로가 동시에 혹은 연달아 사망하는 일이 일어나도 전혀 이상하지 않으니까요…….”

하긴 아무리 사냥하러 갈 일 없는 노인이라도 전염병이라든지 식중독 등 같은 원인으로 거의 동시에 사망하는 사례도 그리 드물지 않으리라.

그리고 그게 하필이면 촌장과 장로일 수도…….

“그래서 그냥 『그 숲에는 들어가선 안 돼』라는 막연한 전승만 남았는데, 『아마 위험한 마물이 있으니까 들어가지 말라고 했겠지』, 『헌터를 고용해서 위험한 마물을 퇴치하면 숲의 자원을……』 하는 얘기가 되면서 전승을 지키려는 파와 숲의 은혜를 누리고 싶은 파가 대립하게 된 게 아닐지……. 그러니까 잘름 씨의 체면을 구기려던 게 아니라 약정의 존재 자체를 몰랐던 게 아닐까 싶은…….”

마일의 설명에 으으음, 하고 신음하는 고룡 잘름.

『인간이 세대교체가 빠르다는 건 인지하고 있다. 숲에 사는 자들은 간단한 전승을 모두가 공유하고 있어서 잃지 않을 수 있었다는 건가. 의도적으로 약정을 깨고 내 얼굴에 먹칠하려고 한 게 아니란 건 이해했다. ……그럼 앞으로는 약정을 잘 지키는 거겠지?』

“““““““““네, 그럼요오오오오오오오!”””””””””

그리하여 숲에 사는 자들과 인간 사이의 불가침 약정을 새로 확인한 고룡들이 슬슬 돌아가려고 하는데…….

썰매를 끌었던 늑대 중 한 마리가 레나에게 몸을 비벼댔다.
"꺅! ……착하지, 착하지, 헤어지는 게 싫어서 그러는구나?"
그렇게 말하고 늑대의 몸을 쓰다듬어주는 레나였는데…….
『등이 가려웠을 뿐이라는데?』
"…………."

그리고 마일의 얼굴을 핥는 어린 흰색 늑대.
"오~, 착하지, 착하지!"
『핥으니까 달고 짜다는데?』
"…………."

""쓸데없는 것까지 통역하지 말라고!!""

""………….""
동물과는 말이 통하지 않는 편이 더 낫다.
그렇게 생각한 메비스와 폴린이었다…….

*　*

그렇게 늑대와 고룡들이 돌아갔다.
고룡은 마일에게 『또 무슨 일 있으면 불러라』라고 당부하고서…….
심지어 그 말을 한 것은 젊은 쪽, 잘름이 아니라 나이 많은 고룡이었다.

"마일, 마음에 들었나 봐……."

"""""…………."""""

메비스의 말에 질린 표정을 짓는 마일, 레나 그리고 폴린.

"뭐, 늘 있는 일이라서……."

"늘 있는 일이죠……."

"뭐예요, 그게!!"

그리고 어이없어하는 마을 사람들.

그리 쉬운 상황은 아니겠지만 아마 아직 실감이 나지 않았겠지.

촌장파도 고룡에게 문책당하고도 무사히 살아남았다는, 신화나 동화에 버금가는 기적에, 땅에 주저앉은 상태로 눈물을 쏟으며 신에게 감사 기도를 올렸다.

……아직 위기에서 전혀 벗어나지 않았는데 말이다…….

"자, 촌장님."

마일이 부르자 앗, 하는 표정을 지으며 눈물을 그치는 촌장.

"아까는 고룡님들이 이 나라를 멸망시키면 안 되니까 그렇게 말했지만, ……촌장님 당신, 사실은 약정에 대해 알고 있었죠?"

마일의 말에 움찔하는 촌장.

"어, 어떻게……."

"그야 촌장님, 저희한테 늑대 섬멸, 특히 흰 늑대를 죽이라고 했잖아요? 그거, 숲에 사는 마물과 동물 중 인간을 상대하는 대표가 그 늑대라는 사실을 모르면 내릴 수 없는 지시니까요. 숲에는 곰을 비롯해 온갖 종류의 위험한 야수와 다양한 종류의 마물이 살고 있는데, 무슨 영문인지 딱 늑대를 지정했죠. 심지어 아직 어린 흰색 늑대를 제일 중요하게 여겼고요. 그를 죽여서 약정의 존재를 은폐하려는 것 말고 다른 목적이 있나요?"

"…………."

"그리고 강경 반대파라는 존재. 그건 『'들어가지 않는 숲'을 건드려서는 안 된다』라는 강한 금기의 감정이 뿌리 박혀 있다는 뜻이죠. 만약 그렇지 않다면 숲에 가고 싶은 사람이 위험한 줄 알면서 마음대로 들어갔다가 마음대로 죽으면 그만이니까요. ……뭐, 그것마저도 헌터 길드를 속이고 헌터에게 위험을 강요하려고 한 거지만요. 헌터 길드를 속인 위험한 허위 의뢰로 수주한 헌터에 대한 살인미수. 고룡을 화나게 한, 국가 존망이 걸린 위기를 초래한 반역 행위. 아무리 고룡이 수백 년 동안 모습을 드러내지 않았다지만, 그래도 이대로 그냥 끝날 거라고 생각하진 않겠죠?"

"…………."

촌장에게서 슬쩍 거리를 두는 촌장파 중진들.

"아니, 다른 분들도 같은 죄예요, 물론!"

그리고 촌장파로부터 슬금슬금 거리를 벌리는 다른 마을 사람들.

"아니 아니, 헌터 길드와 영주님과 국왕 폐하는 마을 내 파벌 따위 일일이 따지지 않을걸요? 어떤 마을이 저지른 짓이라고 생각할 게 뻔하죠. 촌장도 중진들도 마을 사람들이 다 같이 뽑았잖아요? 그러니까 마을 사람 모두 일련탁생이죠, 당연히!"

“““““““““으헤에에에에에엑~!!”””””””””

“제, 제발 이렇게 부탁드립니다아아!”

촌장이 그렇게 말하며 무릎 꿇고 머리를 조아렸지만…….

“아무리 그래도 몰랐던 걸로 할 수는 없어요……. 고룡이 얽힌 이런 중대 사건을 그냥 묻었다가 만약 나중에 들키면 참수형이고, 이런 짓을 저지르고도 처벌받지 않는다면 이 근방의 마을에 『어떤 악행을 저질러도 무릎만 꿇으면 없던 일로 할 수 있다』라거나, 『헌터 길드를 속여도 사과만 하면 처벌받지 않는다』 같은 소문이 퍼져서 일이 어마어마하게 커질 테니까요……. 비밀은 새어나가게 되어 있고, 아이들은 마을의 무용담인 양 여기저기 자랑하며 돌아다닐 테고, 애당초 애들이 커서 어른이 되면 똑같은 잘못을 반복할 테니까요, 지금 안이하게 넘어갔다간……. 또 약정에 관한 문제와 고룡 일은 보고를 올려서 도시에 기록을 남겨야 하고 저희는 이번 의뢰에 관한 전말을 길드에 정확하게 보고할 의무가 있어요. 이건 헌터로서 반드시 지켜야 하는 의무거든요. 그러니 길드에는 진실을 빠짐없이 알려야 해서…….”

그리고 마일에 이어서 폴린이 추가 설명에 들어갔다.

“이게 『숲의 마물을 퇴치해 달라』라는 의뢰였다면 문제없었겠지만, 있지도 않은 『마을의 가축을 습격한 것을 토벌해달라』는 의뢰는 존재하지도 않는 걸 미끼로 삼아 헌터 길드에 허위 의뢰를 올려서 속이고, 소속 헌터를 예상 밖의 마물과 싸우게 하는 위험에 노출시킨 행동이기 때문에…….”

폴린의 말에 침을 꿀꺽 삼키는 마을 사람들.

"그럼 어떻게 되는 거야?"

메비스가 묻자 히죽, 꺼림칙한 미소로 대신 답하는 폴린.

물론 이 대륙에 와서 헌터 등록을 했을 때 그 부분에 관한 설명을 들었기 때문에 메비스도 그 정도는 알고 있었다.

이건 그냥 마을 사람들에게 들려주는 절차 같은 느낌이었다.

"허위 의뢰를 올려 고의로 헌터의 목숨을 위험에 노출시켰을 경우. ……제1급 헌터 길드 적대 행위로 간주하여 모든 대륙의 모든 길드…… 헌터 길드뿐 아니라 용병 길드, 상업 길드, 장인 길드, 해운 길드, 의료 길드 기타 모든 길드가 범인들과 적대 관계가 됩니다. 평소에는 서로 으르렁대는 길드끼리라도 『길드』라는 조직, 제도 자체를 건드는 자가 나올 경우 『모든 길드의 적』으로 여기는 것이죠. 길드의 권위를 지켜서, 그 짓을 따라 하는 멍청이가 다시 나오지 않도록……. 만약 이 마을이 『길드』라는 조직, 구조, 체제를 적대했다는 사실이 인정된다면 앞으로 이 마을에는 헌터도 행상인도, 왕진 의사와 약사도, 약초 판매상도, 떠돌이 칼갈이과 땜장이와 기타 등등 모두가 두 번 다시 오지 않을 겁니다. 항구도시에 농작물이나 잡은 마물 고기 같은 걸 가져가도 길드 관계자는 아무도 사주지 않을 거고, 여인숙도 묵게 해주지 않겠죠. ……길드를 적으로 돌린다는 건 그런 거예요……."

""""""""""…………""""""""""

얼굴이 하얗게 질린 마을 사람들.

“……우리는 의뢰주야! 너희는 우리에게 고용된 입장이고! 그러니까 우리의 지시대로 움직여야지! 늑대를 퇴치하지 않았으니 계약 위반이다! 이 일을 길드에 호소하고, 고룡이 나왔다는 황당무계한 변명으로 마을을 협박하고 큰돈을 갈취하려다가 우리가 거절하니까 허무맹랑한 이야기를 꺼냈다고 신고할 거다! 신입 헌터 네 명과 촌장 이하 마을 사람 모두의 증언. 과연 길드는 어느 쪽을 믿을까? 그냥 이대로 순순히 물러간다면 의뢰 완료 보고서에 사인해주마. 의뢰 달성인 걸로 해서 잠자코 원래 예정대로 보수를 받고 의뢰 완수 실적을 쌓을 수 있으니까 너희한테도 나쁜 이야기는 아니겠지!”

“아~, 아직도 이런 소리를 하네…….”

“깨끗이 포기를 못 하네…….”

촌장의 발악에 질린 표정을 짓는 메비스와 레나.

그리고…….

“네, 저희는 의뢰받은 헌터니까 물론 의뢰서대로 일할 거예요. 당연하죠!”

그렇게 말하며 생긋 웃는 마일 그리고 그 말을 듣고 똑같이 미소 짓는 레나 일행.

“그럼 의뢰 내용이 『가축을 습격한 것의 토벌』이니까 가축을 다치게 하고 죽인 존재, 요컨대 촌장 일당을 토벌하면 되는 거 맞죠?”

“……뭐? 뭐라고오오?”

“““““으에에에에에엑!!”””””

마일의 엄청난 해석에 아연실색한 마을 사람들.
그리고…….

스윽…….

마물의 폭주인 줄 알고 광장에 모인 남자들 대부분이 무기가 될 만한 삽이며 낫 등을 손에 들고 있었다.
그들은 그 무기 대신인 농기구를 쥔 채 험악한 얼굴로 마일 일행을 에워쌌다.
"어쩔 수 없군. 그럼 여기서 죽어주는 수밖에. 어린 여자애들만 모인 실력 부족 헌터가 분수도 모르고 어려운 의뢰를 받았다가 실패해 숲에서 영영 돌아오지 않았다. 그냥 그게 전부인 거야……. 물론 고룡님의 심기를 거스르면 안 되니까 숲은 손댈 수 없지만, 너희쯤 없어져 봐야 고룡님은 그 사실을 모를 거고, 인간의 일 따위 별로 신경 쓰지도 않겠지. 어디서 일하다가 실패하고 죽었다, 그렇게 끝나는 거다……."
((((아~~…….))))
이 마을 사람들은 『붉은 맹세』가 싸우는 모습을 보지 못했다.
그냥 숲에 갔다가 늑대들과 같이 돌아왔을 뿐이니까.
……다시 말해서 늑대들 그리고 숲에 사는 자들을 살피러 온 고룡들을 우연히 만나 이야기를 나누고 같이 돌아온 것뿐.
그 과정에 전투는 없었고, 『붉은 맹세』의 실력을 드러낼 에피소드도 없었다.

단지 운이 좋았던 어린 소녀들이 마음씨 따뜻하고 말이 통하는 고룡을 만나서 순조롭게 이야기가 진행되었던 것뿐.

……그렇다면 인원에 이 정도의 차이가 난다면.

게다가 매일 농사를 짓고 나무를 베고 물을 긷고 수렵을 해서 근육이 탄탄한 마을 사람들에게 근육 하나 없는 어린 소녀 파티쯤은 한주먹거리도 안 된다.

그런 생각이 들어도 어쩔 수 없다면 어쩔 수 없는 일이었다.

"……죽이지는 않도록. 다치게 하는 건 괜찮음!"

마일과 폴린이 있으면 골절을 입거나 내장이 조금 다쳐도 문제없다.

자신들을 죽이려고 하는 상대 따위 조금은 뜨거운 맛을 보여줘도 괜찮다. 죽이지 않는 것만으로도 충분히 감사해야 할 일인 것이다. ……다치게 했어도 나중에 치유마법으로 고쳐주면 되고.

""""오케이!!""""

레나의 지시에 씩씩하게 대답하는 세 사람.

"……죽여랏!"

그리고 촌장의 명령에 마을 사람들이 달려들었다.

*　*

"뭐, 당연히 이렇게 되겠지만요……."

그렇게 중얼거리는 마일 앞에 펼쳐진 지옥도.

골절, 타박상 등을 입고 광장에 널브러진 사람들.

마을 사람 모두는 아니고 『붉은 맹세』에게 달려든 십여 명이었다.

물론 힘 조절을 충분히 했다.

자신들을 죽이려고 달려드는 적에게 힘 조절을 해서 죽이지 않고 붙잡는 것은 양쪽에 실력 차이가 크게 나지 않으면 힘든 일이다.

……하지만 아무 문제도 없었다.

죽이지 않는 것은 물론이고 크게 다치지도 않게. 그러면서 무기로 쓴 농기구까지 망가지지 않게 배려한, 실력 차이가 지나치게 난 싸움이었다.

뜨거운 맛을 보여주려고 하면서도 많이 다치지는 않도록 조절했다. 그래서 마법은 행동에 자유를 빼앗는 방향으로만 사용하고, 주로 메비스와 마일이 공격을 맡았다.

……검의 측면, 그러니까 편평한 부분으로 때린 것이다.

아무리 힘 조절이 들어갔다지만 쇠막대기에 맞았으니 타박상이나 골절은 입을 수밖에 없었다.

하지만 치유마법 구사자, 심지어 탑 클래스의 능력을 갖춘 마일과 폴린이 있는 이상 다소 다쳐도 괜찮았다.

마법 공격은 부상 정도를 조절하기 어려운 데다 화상은 타박상과 골절보다 치료하기 까다롭고 상처가 남는 경우가 있었다. 그래서 레나가 불마법을 쓰지 않은 것은 큰 배려다.

"이 자들을 도시로 끌고 돌아갈까? 모두의 얼굴을 다 못 외우니까 이대로 두고 도시로 돌아가면 마을 사람들 사이에 섞여서,

나중에 우리를 죽이려고 했던 자가 누구였는지 알 수 없게 될 거야. 그래서 마을 사람 모두가 『살인 미수범 일당』으로 재판에 넘겨진다면 이번 공격과 관련 없는 사람들이 너무 불쌍하지 않나 싶은 생각도 드는데…….”

레나의 말에 허둥지둥 고개를 끄덕이는 다른 마을 사람들.

……아무래도 실력 행사에 나섰던 같은 마을 사람들보다 자기 안위가 더 중요한 듯했다.

이런 세계의 농민이란 교활하게 굴고 남을 이용하며 끈질기게 살아남는 법이니까.

……그렇다, 잡초처럼 말이다…….

*　*

결국, 마일이 공격자들의 얼굴을 그린 다음 마을 사람 몇 명을 무작위로 골라 작은 목소리로 그들의 이름을 말하게 했다.

『거짓으로 이름을 댔다간, 다른 사람이 말한 이름과 달라서 바로 알 수 있다. 그럼 거짓말한 자까지 공범으로 같은 벌을 받게 된다』라고 설명하자 모두의 증언이 일치하게 되었다. 한 명도 거짓말을 하지 않은 것이다.

역시 마을을 위해 용기를 내서 실력 행사에 나선 동료들보다 자기 안위가 더 중요했던 것이다.

아마 마을 사람들은 다른 곳으로 도망치지 않겠지.

살던 땅을 버린 농민의 말로는 뻔하다.

그리고 그들은 안일하게 생각하고 있으리라.
자신들을 잡아봐야 이득 볼 사람이 아무도 없다고.
영주님은 영민이 줄어들면 농작물 수확량, 즉 거둬들이는 세금만 줄어들 뿐.
헌터 길드는 의뢰할 사람이 줄어들 뿐.
그리고 이 신입 헌터 소녀들은 마을 하나를 망친 역병 같다고 악평이 따라붙게 될 것이다.
자신들은 줄곧 성실하게 일해왔다.
영민들 모두의 증언이 일치한다면 신입 헌터 몇 명의 증언 따위야 아무래도 상관없다.
이 순간만 잘 모면하면.
도시의 경관이 개입한다 해도 이 헌터들이 트집 잡으면서 의뢰를 완수하지 않고 마을을 협박해 금품을 요구했다고 말하면.
그런 안이한 생각에 빠져 있었다.
결국은 자기들에게 유리한 쪽으로 생각하는, 마을의 상식밖에 모르는 철없는 집단이었다…….
마일 일행은 촌장 일당과 다른 마을 사람들을 그대로 내버려 두고 해안도시로 귀환했다.
여기서 촌장 일당을 끌고 도시까지 이동하기 귀찮았고, 촌사람은 땅을 버리고 도망쳐 봐야 제대로 살아갈 길이 없다.
그래서 자신들을 잡아가지 않는 신입 소녀 헌터들이 역시 안이하다고 매도하고, 그 말은 단순한 협박으로 받아들이리라고 예상하고 그냥 두는 것이었다.

마을 사람들을 어떻게 할지는 자신들이 정할 문제가 아니다. 그건 그 역할을 맡은 사람들이 할 일이라고 생각하니까…….

＊ ＊

"네에에?! 마을에서 낸 의뢰가, 허위였다고요?!"

마일 일행의 보고를 받고 깜짝 놀라 소리치는 헌터 길드 접수원.

그 소리를 들은 길드 직원과 헌터들의 인상이 험악해졌다.

"네. 마을을 습격했다는 마물도 야수도 사실은 존재하지 않았어요. 촌장과 그 일당이 꾸민 자작극. 그리고 헌터를 속이고, 고룡이 중개했던 약정을 깨고『들어가지 않는 숲』의 금기를 어기려고……. 그런데 그때 고룡이 나타나서……."

""""""""""……잠깐! 잠깐잠깐잠깐잠깐잠깐잠깐잠깐잠깐!!!""""""""""

길드 안에 고함이 울려 퍼졌다.

"자자자, 잠시만! 잠시만요! 헌터 길드 직원 권한으로, 여기서 더 이상 말씀하시는 걸 금합니다!

2, 2층으로! 2층 회의실로 와주세요! 간부는 회의실에 긴급 집합! 누가, 상업 길드로 달려가서 다음 달 상단 호위 계획을 조정 중인 길드 마스터를 데리고 돌아와요! 최우선 사항입니다!! 여기 있는 모든 직원과 헌터들은 지금 이 이야기의 발설을 금지합니다! 정보가 해제되기 전에 발설하는 자는 직원의 경우 징계 해고, 헌터의 경우 헌터 자격의 영구 박탈입니다!"

퍼지는 정적.

얼굴이 새파랗게 질린 직원과 헌터들.

만약 정보를 발설해서 온 나라를 큰 혼란에 빠트리게 된다면 헌터 길드 쪽에서 내릴 처벌은 그것으로 끝날지 몰라도 영주가 내릴 처벌, ……그리고 국가 차원의 처벌은 참수형 또는 교수형이 될지도 모른다.

그리고 분명 자신뿐 아니라 자신이 그 이야기를 해서 확산의 트리거가 된 측근들과 가족, 친척일가까지 모두 휘말려서…….

"뭐해요! 빨리 길드 마스터를 불러오라니까요!"

그리고 퍼뜩 정신을 차린 젊은 직원이 허둥지둥 문을 열고 뛰쳐나갔다.

*　*

"""""""""""…………."""""""""""

회의실에 퍼진 정적.

마일 일행은 일어난 일을 전부 정확하게 전달했다.

이건 온정을 베풀거나 마을 사람들을 감싸서 될 문제가 아니었다.

헌터로서, 받은 의뢰의 수행 결과와 길드에 적대 행위를 한 자들의 존재를 통보하는 것은 절대적 의무였다. 값싼 동정심 따위 때문에 어겨도 되는 규칙이 아니었다.

여기서 잘못된 정보를 제공했다가 나중에 수십만, 수백만의 목숨을 앗아가는 대참사로 이어질지도 모르는 것이다. 고룡이 얽힌

사건이란 그런 것이다.

그렇기에 만약 나중에 숨겼다는 사실이 드러난다면 자신들이 처벌받게 된다. 그것도 아주 엄한 처벌을…….

하지만 과연 마일 일행도 마을 사람 모두를 처벌받게 해서 마을을 망가뜨리고 싶지는 않았다.

마을에는 반대파들도 있었으니까.

그건 촌장 일파와 찬동자들, 요컨대 일부의 폭주였겠지.

그래서 주모자들에게 책임을 묻는다면, 일이 이렇게 된 이상 똑같은 짓을 하는 자가 또 나타날 거라고 생각하긴 어렵다.

……적어도 이번 사건이 전승에 추가된다면 앞으로 수백 년 정도는…….

그래서 마을 사람들 대부분은 사건과 무관하다고 할까, 촌장 일파의 뜻에 반대했다는 식으로 살짝 과장해서 보고했다.

사실은 촌장 일파가 활개를 쳤다는 사실 자체가, 소극적이기는 해도 그 마을의 과반이 그들의 뜻에 찬성 혹은 묵인했다는 뜻이지만…….

일단은 자백했다는 사실을 서면으로 남기고 촌장에게 사인을 받아두었었다.

촌장 일행은 이런 것쯤 『협박해서 강제로 쓰게 했다』라고 둘러대면 그만이라고 쉽게 생각해서 별다른 저항 없이 서명했는데, 물론 이것이 있고 없고는 큰 차이가 있다.

"이렇게 일단 한 건 해결되었고 고룡과 나눈 대화도 첨부했습니다. 아, 혹시 나중에 이 사건으로 고룡과 무슨 일이 생긴다면 잘름이라는 사람……아니 고룡을 불러서 제 이름을 대시면 돼요…….”

푸우웁!

동요를 가라앉히려던 길드 마스터가 순간 마시던 차를 뿜었다.
……정확히 레나의 상반신 쪽으로…….
부들부들 떠는 레나였지만 길드 마스터가 잘못한 것은 아니다.
레나도 그걸 알기에 그저 떨기만 할 뿐 필사적으로 참았다.
그런데 아무리 불가항력이었다지만 바로 레나에게 사과해야 할 텐데 길드 마스터는 그럴 정신도 없었다.
“이, 이름을 밝혔나!”
“아, 네. 처음 만나는 사람…… 고룡에게는 이름을 밝히는 게 예의 같아서…….”
“너 말고! 고, 고룡 말이야, 고룡님이 이름을 밝혔단 말이야?!”
“아, 네…….”
길드 마스터가 놀라는 것도 무리는 아니다.
인간이 보통 나뭇가지로 개미를 찌르면서 놀 때 개미에게 자기 이름을 밝히지는 않는다.
그와 마찬가지로 고룡이 고작 인간에게 자기 이름을 알려주는 경우란 없다.
“““““““““““…………….”””””””””””
회의실은 여전히 쥐 죽은 듯 고요했다.
마일과 길드 마스터 이외의 사람은 숨 소리조차 내지 않았다.

"……그래서 고룡님이 네 이름을 기억하고 있다는 말이냐?"
"네, 거의 확실하게……."
""""""""""…………."""""""""
아니.
그건 말도 안 되는 일이다.
만약 가능한 일이라면…….
"아!"
순간 길드 마스터는 얼마 전 다른 나라의 뱃사람에게 들은 소문을 떠올렸다.
그 내용이 너무 황당무계해서 코웃음 치면서 그냥 잊어버렸는데…….
"하나, 둘, 셋, 넷, 네 명이네……."
뱃사람에게 들었던 소문.
길드 마스터는 그 이야기의 제목을 무의식중에 중얼거렸다.
"……용무녀, 네 자매……."
"""""!!"""""
길드 마스터가 중얼거린 수상한 단어.
그것을 들은 마일 일행은 짐작 가는 바가 있었다.
……아니, 짐작 가는 바가, 너무 많았다…….
항구도시인 이곳은 뱃사람들과 관련된 정보는 빨리 돌아도 다행히 왕도의 정보는 그렇지 않았다. 육로를 다니는 상단이 오지 않는 한 그쪽 방면의 정보 전달은 상당히 늦었다.
그래서 왕도 주민들에게는 당일에 대대적으로 소문이 퍼졌지만, 대외적인 정식 발표…… 자국이 고룡과 그 친구인 이국의 왕녀와 친교를 맺었다는 사실은 회의를 거듭한 탓에 며칠 뒤에 있었고, 아직 이 도시까지는 정보가 내려오지 않았다.

"……아니, 그 소문에 따르면 고룡과 무녀들이 동료 사이라고 했었는데……. 이번에는 의뢰 임무로 우연히 찾은 숲에서 어쩌다 마주친 것뿐이라니까 무관한가……. 똑같이『소녀 네 명』인 건 단순한 우연인가……."

길드 마스터의 혼잣말에 필사적으로 고개를 끄덕이는『붉은 맹세』일동.

지나치게 필사적이어서 길드 간부 중 몇 명은 살짝 수상쩍어하는 표정을 짓고 있었는데, 뇌가 근육으로 된 길드 마스터는 그걸 눈치챌 리 없어서 그냥 그대로 이야기가 다음으로 넘어갔다.

"여하튼 무슨 이야기인지는 파악했다. 일단 보고 내용이 전부 진실이라는 가정하에 조사하도록 하지. 어차피 너희가 거짓말할 이유도 전혀 없고……. 이 근방에는 온 지 얼마 되지 않아서 지인도 없고 아무 굴레도 없을 테니. 그리고 그냥 평범하게 해도 충분히 돈을 벌 수 있음에도 일부러 자원봉사나 다름없는 낮은 보수의 의뢰를 받아준 건데, 허위 보고를 올려 길드에서 추방당할 위험을 무릅쓸 바보가 아니란 것쯤은 잘 알아. 진위는 아직 확인하지 않았지만, 촌장의 자술서도 있고. 보고가 믿기 어려운 내용이라는 점만 제외하면 이상한 부분이 없으니……."

그렇다.

보고 내용이, 믿기 어렵다.

그건 마일 일행도 자각하고 있었다.

'그렇지!'

순간 마일의 머리에 기막힌 아이디어가 떠올랐다.

"저기, 혹시 이거, 증거로 어떨까요?"

"뭐?"

마일이 아이템 박스에서 꺼내 회의용 책상 위에 내려놓은 것은……,

"……비늘?"

"거대한……, 비늘……."

"네, 고룡의 비늘이에요. 기념으로 받았거든요!"

""""""""""뭐어어어어어어어어어어~?!!!""""""""""

사실 이건 이번에 받은 비늘이 아니다.

이번에 받은 것은 뿔과 발톱을 깎고 남은 부스러기뿐이었다.

하지만 부스러기는 임팩트도 없고, 그냥 가루라서 겉으로 보면 무슨 가루인지 구분하기 어려웠다.

그래서 마일은 예전부터 아이템 박스에 수납해두었던, 다른 일로 입수한 비늘을 꺼냈던 것이다.

진실을 왜곡하고 남을 속이기 위해 위증하는 것은 나쁜 행동이다.

……하지만 진실을 전달하고 정의를 관철하기 위해 하는 거짓말은 허용된다.

마일은 그 유연한 사고(자기 편한 대로 하는 사고방식)에 따라 그런 방침을 선택했다.

레나 일행도 마일의 그 방식에 찬성했는지 아무 말 없이 지켜보기만 했다.

고룡의 비늘, 심지어 파손된 부분이 하나도 없는 완제품은 시장에서 찾아볼 수조차 없다.

……그렇다는 건.

그런 비늘이 이 자리에 있다는 것은 다시 말해서 자신들이 직접 구했다는 뜻이다.

“““““““““…………. ”””””””””

“좋아, 이제 우리 헌터 길드 지부는 너희의 증언을 바탕으로 하고, 반론이 있다면 마을 사람들에게 그 증거를 제시하라고 요구하는 방침으로 갈 것이다. ……뭐, 고룡이 왔다는 건 분명한 사실 같으니. 너희의 증언을 의심하는 자는 아무도 없겠지.”

이제는 모든 것을 포기한 느낌인 길드 마스터와 길드 직원들.

그리고…….

“그런데 그 비늘, 길드에 팔면 안 될까? 그걸 왕도 지부를 경유해 국왕 폐하께 팔면 어마어마한 거금과 공적을 얻어 우리 지부가 포인트를 벌 수 있는데……. 부, 부탁이야!”

실제로는 왕궁에 이미 아름답고 완벽한 비늘이 두 장 있어서, 세 장째가 되면 그 정도로 공적이 되거나 비싼 값이 매겨지지는 않을 터였다.

이 비늘은 그 두 장과는 무관한 만큼, 나중에 고룡이 가격을 확인할 일은 절대 없다.

그러니 왕궁 입장에서는 최대한 싸게 사거나 아니면『더는 남는 예산이 없다』라면서 사지 않고, 국내 유력 상가에 팔라고 지시할지도 모른다.

뭐, 그런 걱정을 할 필요는 없지만…….

"아뇨, 고룡님께 기념으로 받은 거라서요……."

마일 일행은 돈이 아쉽지 않았다.

그리고 어마어마한 용량의 아이템 박스에 수납해두면 도둑맞을 염려도 없다.

그래서 중요한 것이나 묵혀두면 장차 값이 더 올라가는 것을 굳이 급하게 팔 필요가 전혀 없었다.

나중에 왕도에 갔을 때 직접 팔아도 되고 경매에 부치면 그만인 것이다.

길드 마스터도『일단 한 번 던져본 것뿐』이어서 별로 실망하지는 않았다.

이렇게 해서 한 사건이 해결되었다.

나머지는 길드와 관헌이 할 일이다.

그래서 마일 일행은 회의실을 빠져나와 1층 매입 창구에 가서『들어가지 않는 숲에서 잡은』 걸로 하고 아이템 박스에 수납해 두었던 상위 마물 몇 마리를 판 후 숙소로 돌아왔다.

*　*

그로부터 며칠 후.

그 마을의 청년이 『붉은 맹세』가 머무는 숙소에 찾아왔다.
아무래도 도시 안 여인숙을 샅샅이 뒤져서 찾아낸 모양이었다.
여인숙은 신용이 걸린 문제인 만큼 투숙객에 관한 정보를 알려주지 않는다는데, 대체 어떻게 알아낸 것일까…….
그럼 차라리 헌터 길드 지부를 찾아가는 편이 더 빨랐을 텐데.
그리고…….
"고룡님이 만나고 싶다고……. 근처 숲까지 와 계시니 안내하겠습니다."
그렇게 말하면 만나지 않을 수 없다.
잘못하면 이 도시까지 직접 만나러 오겠다고 나올 수 있고, 만약 그렇게 된다면…… 패닉이다.
아마 그것만으로도 사망자가 나오겠지.
그래서 다른 선택지가 없었다.
또 이 청년의 상태를 봤을 때 별로 다급한 느낌은 아니었다.
그래서 그다지 나쁜 이야기는 아니리라고 여겼다.

*　*

"……무슨 일로 부르셨어요?"
마을 청년의 안내를 받아 동료들과 함께 근처 숲을 찾은 마일이 고룡 잘름에게 공손한 태도로 물었더니…….
『실바가 구운 고기 제조기가 안 돌아온다고 걱정되니 한 번 알아봐달라고 해서…….』

"몰라요! 그리고 『구운 고기 제조기』라고 불리고 있나요, 제가?! 애인이 아니었어요?!"

늑대들에게 첩, 애인이라고도 불리지 않게 되었다는 사실을 알게 된 마일, 욱했다…….

"뭐야? 너, 역시 그 흰 늑대의 애인이 되고 싶었던 거야?"

"뭐, 마일 짱은 어린 소녀 다음으로 복슬복슬한 걸 좋아하니까요……."

레나와 폴린의 말에 고개를 끄덕이는 메비스.

"그럴 리가 있냐고오오~~!"

불같이 화내는 마일이었다…….

제130장 그 무렵

"사자님은 좀 어쩌고 계시는가?"

"네, 아침저녁으로 발코니에서 신자들에게 해주시는 말씀을 하루도 빠지지 않고 이어가고 계십니다. 최근에는 설교 내용도 잘 생각하고 계시는지, 평판이 올라가고 있어요."

"그렇구나. 『붉은 맹세』 동료들이 행방을 감추었을 때는 걱정했는데, 별일 없이 안정을 되찾으신 것 같아 다행이다……."

젊은 신관의 대답에 기쁜 미소를 지으며 말한 나이 든 신관.

"……그리고 그쪽은 어때?"

"음식 쪽 말씀이십니까? 식사도 그렇고, 간식이랑 과실수도 양을 줄이신 것 같아서 살찔 염려는 없어 보입니다……."

"오오, 그거 반가운 소리구나! 국내는 물론이고 주변국의 단 것을 전부 맛보고 싶다고 하셨을 때랑 지루하다고 한탄하면서 홧김에 음식을 막 먹어대기 시작했을 때는 비만이 되는 게 아닐까 싶어 다들 걱정했었는데 말이지……. 마침내 사자란 자각이 생기신 듯하구나. 정말 다행이다……."

나이 든 신관이 기뻐하자 젊은 신관이 이상하다는 듯 물었다.

"하지만 갑자기, 대체 무슨 심경의 변화가 있었던 걸까요? 그렇게 일하기 귀찮아하셨으면서, 꼭 사람이 바뀐 것처럼……. 혹시 가짜와 바꿔치기했다거나…….”

“하하하! 만약 그렇다면 여신님께 『당신이 떨어트린 것이 이 게으른 사자입니까? 아니면 이 근면 성실한 사자입니까?』 하고 물었더니 근면 성실한 쪽입니다, 하고 대답하겠지!”

“풉! 미아마 사토데일의 유머 소설 아닙니까?! 부, 불경이라고요, 아하하하!”

“아하하하!”

그 미아마 사토데일의 유머 소설을 쓴 사람이 바로 사자님 본인이라는 걸 잊었는지 폭소하는 신관들.

……그리고 물론 나노머신들은 정보 수집을 게을리하지 않았다.

【이 정도 가지고 『성실해졌다』라는 말을 듣다니……. 마일님, 그동안 대체 얼마나 게을리 산 것처럼 보였길래…….】

*　*

“이 도시에서 기다릴까요?”

“네, 그렇게 하죠.”

“너무 가면 『붉은 맹세』 분들이 이 대륙에서의 여행을 즐기실 수 없으니까요.”

왕도에서 나와 여행을 시작한 뒤, 비교적 일찍 걸음을 멈춘 『원더 쓰리』.

마일 일행이 항구도시에서 왕도로 올 거라고 예상해서, 자신들이 너무 바다 쪽으로 가면 마일이 동료들과 신대륙 여행을 즐길 시간이 짧아질 거라고 배려한 것이다.

그래서 계속 바다 쪽으로 나아가려던 원래의 예정을 변경했다.

……그럼 왜 왕도에서 기다리지 않을까.

그 이유는 자신들을 아는 자가 있어서, 앞으로 활동 거점이 될 예정인 왕도에서 눈에 띄는 소란을 일으키고 싶지 않았기 때문이다.

그래서 왕도가 아닌 다른 도시에서 만나, 자신들『원더 쓰리』와 모레나 왕녀가 왕도에서 어떤 입장에 있는지 설명하고 다양한 문제를 함께 조율해나가고 싶었다.

"그럼『붉은 맹세』분들을 기다리는 동안 이 대륙에서 신입 헌터로서 활동하기 위해 헌터 등록을 할까요? 그리고 이 근방의 마물 사정도 확인하고 마법 강도에 변화가 없는지 알아보고 이것저것 할 일이 많아요. 마법이『마법 정령』에 의해 발동되는 이상, 대륙이 바뀌면 다른 정령의 담당으로 바뀌어서 발동 강도와 속도, 정밀도 등에 변화가 생길 가능성이 있으니까요. 근소한 차이가 치명상으로 이어지지 않게 미리 꼼꼼하게 알아둬야 해요."

"""네!"""

역시 마르셀라였다.

마르셀라가 말하지 않았다면 올리아나가 제안했을지도 모르지만, 그래도 리더로서 중요한 부분을 놓치지 않았다.

【야무지단 말이죠…….】

《마일님 일행처럼 크게 사고 치지 않는 점은 좀 미흡하지만, 그건 그거고 어린 하등생물이 열심히 지혜를 짜내고 노력하는 모습으로

즐길 수 있겠어요.》

〔그래……. 어쨌든 『원더 쓰리』와 『붉은 맹세』, 나노넷 시청률을 이끄는 두 기둥은 안정적이군.〕

이의 없음, 하고 동의의 신호파를 쏘는 나노머신들이었다…….

*　*

딸랑딸랑.

경쾌한 도어벨 소리를 울리며 헌터 길드 지부에 들어온 세 소녀.

키와 외모가 눈을 씻고 봐도 미성년자였다.

그게 한 명이면 고아여서 영양이 부족해 키가 안 컸을 뿐일 가능성도 전혀 없지 않지만, 세 명이 다 그렇다면 그건 생각하기 좀 어렵다.

……그리고 무엇보다도 모두 비교적 고급 후위용 방호복과 부분 방어구를 착용하고 있었고, 게다가 단검과 지팡이(스태프)까지 소지했다.

그러니 가난할 리 없었다.

소녀들이 들어올 때 난 도어벨 소리에 당연히 길드 직원과 헌터들의 시선이 일제히 입구 쪽으로 쏠렸다.

그리고 늘 그렇듯 바로 시선을 원래대로 돌리……지 않고, 모두 소녀들의 움직임을 계속해서 눈으로 좇았다.

아무도 나서지 않는 것은 소녀들이 아무리 미성년자라지만 몸에 익은 튼튼한 복장에 그럭저럭 괜찮은 장비를 한 것을 보아 새파란 신인은 아닌 듯해서, 초보자에 대한 통과의례 대상에서 제외라고 판단했기 때문일까…….

……하지만 그곳에 있던 헌터들의 속마음은…….

아직 어리지만 다들 예쁘장하게 생긴 삼인조.

그리고 전원이 마술사인 듯하다.

헌터 파티에 제일 부족한 것이 마술사다.

물통 대신으로. 착화구 대신으로. 치유 물약 대신으로. 궁사 대신으로.

여하튼 한 파티마다 한 명만 있어도 얼마나 편리한지 모른다.

한 명 있으면 파티의 생존율이 비약적으로 올라가는 와일드카드였던 것이다.

……그게 무려 세 명.

심지어 귀엽다.

나쁜 맘을 먹은 사람이든 아닌 사람이든 생각은 똑같았다.

((((((……갖고 싶다!!))))))

하지만 그동안 분명 제안이 갔을 텐데 여전히 소녀 셋.

게다가 지금까지 무사히 살아남아 있다. 습격해오는 마물로부터도 인간들로부터도…….

……아무 생각 없이 경솔하게 말을 붙이는 건 위험하다.

그렇게 여기고 다들 입을 꾹 다문 채 지켜보는 동안, 세 소녀는 종종걸음으로 접수창구에 다가가더니…….

"헌터 신규 등록 부탁드려요."

덜컹!

덜컹덜컹덜컹덜컹덜컹!!

그 자리에 있던 헌터 대부분이 허리를 들썩였다.

그리고 서로 얼굴을 마주 보았다.

((((((……아직이야! 아직은 성급해…….))))))

그렇다. 지금 신규 등록을 한다는 건 아직 일반인이라는 소리다.

일반인인 미성년 소녀에게 험상궂게 생긴 헌터가 말을 걸었다간 일이 꼬일 수 있다.

만약 상대방의 몸에 손가락 하나 닿았다가 비명이라도 지른다면 일이 커진다.

자칫 잘못하면 헌터 자격 박탈도 모자라 몇 년간 범죄 노예가 되어 그 길로 광산행이다.

하지만 헌터 등록만 끝나면 동업자가 되고, 파티에 영입을 권유하려고 말 걸었을 뿐이라고 하면 어느 정도 정상참작이 된다.

아니, 그건 거짓 없는 진실이니까 가슴 펴고 당당하게 주장할 수 있고, 어느 파티나 마술사를 원한다는 건 업계의 상식이므로 의심받을 걱정도 없다.

아직은 참아야 한다.

그리고 헌터끼리 견제한다고 서로 마구 노려보았다.

소녀들은 받은 신청서를 바로 작성해 접수원에게 건네면서 무심한 투로 질문을 던졌다.

“그런데 이곳은 여성이 다른 헌터한테 엮이거나 강요받거나 협박당하거나 무례한 행동을 당했을 때 정당방위라든지 모욕에 대한 즉결 처분으로 죽이면 처벌받나요?”

그대로 굳어버린 접수원과 직원들.

그리고…….

((((((허어어어어어어어어억~~!!))))))

위험, 접근금지.

지금까지 이래저래 얽히면서 고생한 『원더 쓰리』가 익힌 처세술.

선제공격으로 가볍게 날린 잽이었다.

“아, 아아아, 그게……, 저희 길드의 소관 밖이어서요. 그건 경비대 관할이라…….”

과연 헌터 길드는 사법기관도 뭣도 아니다.

자신들이 시행하는 사항에 관해서는 페널티를 부과할 수 있지만, 범죄 행위는 지명 수배범을 붙잡거나 토벌, 현행범 체포 정도밖에 못 하고, 유죄인지 무죄인지 따질 결정권이 없다.

“다만 말에 의한 모욕 행위뿐이었는지 아니면 폭력을 동반했는지 등 상황에 따라서는 여러 가지로 방법이 있지 않을지……. 또한 일반론으로 말씀드리면 여성의 신체에 접촉하거나 무기를 들거나 마법 영창을 시작하는 등의 행위가 있었을 때 당한 본인이 먼저 공격했을 때를 제외하고 거의 정당방위가 인정될 것으로 보입니다. ……다만, 모욕에 대한 즉결 처분이라는 말씀은…….”

거기서 입을 다무는 접수원.

평민에게는 『처분당하는 입장』*으로서가 아니면 인연이 없는 개념이었다.

그러니 그렇게 물었다는 것은…….

"알겠습니다. 당신께 감사를!"

그렇게 말하고는, 한 발 뒤로 물러나 무릎 꿇고 경의를 표했다.

일부러 『고귀한 기운』을 풍겨서 벌레가 꼬이지 않게 한 마르셀라.

그 의도가 적중해 직원과 헌터들이 화들짝 놀랐다.

원래 무릎 꿇고 경의를 표하는 행동은 자신보다 신분 높은 사람에게 하는 예지만 뭐, 길드 직원이 신인 헌터보다 위라고 꼭 말할 수 없는 것도 아니니까 문제는 없다.

……애당초 그런 수준의 이야기가 아니지만.

길드 직원과 헌터들을 가벼이 대하고, 거친 자들이 드나드는 곳을 자유자재로 컨트롤할 수 있는 담력.

그 사선을 뚫는 싸움을 겪은 『원더 쓰리』 세 멤버도 이제 배포가 꽤 커진 듯하다.

이제 마르셀라는 확실하게 귀족 영애로 여겨지겠지.

……사실이지만…….

그리고 나머지 두 사람도 마르셀라보다 작위가 낮은 귀족의 딸 아니면 몸종이거나 호위 메이드가 아닐까 하고…….

물론 그 밖에도 비밀 호위가 붙어 있을 터였고, 길드 직원과 동료 헌터 중에도 고용되어 호위와 정보 제공을 담당한 자가 있어

---

*사무라이가 자신보다 낮은 계급에 모욕당하면 즉시 죽일 수 있는 특권이 있었다.

도 이상하지 않았다.
아니, 아예 길드 마스터에게 이야기가 들어갔을 가능성도…….
이제 그들을 함부로 건들 자는 없을 터다.
내일 아침, 강물에 둥둥 떠 있거나 무슨 영문인지 갑자기 헌터 길드에서 제명되고 싶지 않다면 말이다…….
정보 보드를 가볍게 눈으로 훑은 후, 의뢰 보드를 들여다보는 소녀들.
"소재 채취랑 C등급 이하 마물 토벌. 그저 그런 의뢰밖에 없네요……."
"왕도가 가깝잖아요. 등급 높은 의뢰와 특수한 의뢰들은 다 왕도로 가겠죠. 수주 수도 그렇고, 잘하는 분야가 있는 사람이 많으니까."
"그러네요……."
올리아나가 말한 대로 의뢰 내용과 헌터 사이에는 궁합이란 게 있다.
이는 학창 시절부터 특수한 의뢰만 받아 공적 포인트를 쓸어 담은 『원더 쓰리』 세 사람도 잘 아는 사실이었다.
특수한 의뢰는 이 도시의 길드 지부가 아니라 비교적 거리가 가깝고 헌터가 많이 소속된 왕도 길드 지부에 내는 것이 이 근방의 상식이었다.
그래서 왕도 근교에 있는 이 도시의 의뢰는 왕도는 고사하고 왕도에서 아주 멀리 떨어진 도시보다도 『흥미를 끄는 의뢰』가 적었던 것이다.

"뭐, 오늘은 이 도시에 막 도착했으니까 일단 숙소를 잡고 푹 쉴까요?"

"""네."""

그리고 체인이 연결된 헌터 등록증이 나오자 받아 들고 길드에서 나가는 세 사람.

등록 등급은 물론 신인이니까 F등급이었다.

""""""""""…………."""""""""""

꼭 자기 파티에 영입하고 싶다.

하지만 잘못했다간 신세를 망칠지도 모르는 위험한 물건.

위험, 접근금지(언터처블).

고룡의 보물을 노리다(어리석고 무모한 행동).

""""""""""…………."""""""""""

그리고 길드 직원도 헌터들도, 어느 한 사람 소리를 내거나 움직이지 않았다.

마르셀라 일행의 『벌레 퇴치』라는 의도는 그 목적을 완전히 달성했는데, 이래서는 다른 면에서 이래저래 힘들어질 것 같다…….

* *

"보니까 마법의 위력, 정밀도, 속도 모두 다르지 않은 것 같아요……."

"네. 이 대륙의 마법 정령님은 저희의 대륙을 담당하신 정령님과 마법에 관한 매개변수를 통일하셨거나 아니면 각지의 정령님들을 결속하는 상위 정령님이 계셔서 그런 부분을 정리해주시는 지…….”

“어쨌든 지금까지와 똑같이 쓸 수 있어서 다행이네요.”

마르셀라의 말에 그렇게 대답하는 올리아나와 모니카.

다음 날에는 길드에 얼굴을 내비치지 않고 근처 숲에서 마법 검증 작업에 들어간『원더 쓰리』였다.

검증 결과, 마법 행사가 구대륙 때와 다르지 않았다.

원래 구대륙에서도 마법은『그때 주위에 있던 나노머신』에 의해 발동되었던 것이다.

나노머신의 개체 차이에 따라 그때그때 마법 발동에 특징이 생기면 안 되니까, 개성에는 다양성이 주어져도 마법 발동은 당연히 균일화되어 있었다. (단, 사념파에 반응해 마법 발동에 참여할지 말지라는『감도』부분은 다양성이 주어진다. 그렇지 않으면 마술사의 출력에 우열이 불분명해지니까.)

“애당초 아델 씨가 정령님께 부탁해주셔서 저희에게 전속 정령님이 붙으셨을 때 그리고 마술사로서 레벨을 올려주셨을 때. 그 두 번은 마법의 위력과 정밀도, 반응 속도 등이 대폭 올라갔었잖아요. 이제 와서 조금 변화가 생겼다고 해도 놀랍지는 않죠.”

“‘그렇죠~!’”

*　*

“……저기, 잠깐 저 좀 보실래요?”

"아, 아아아, 아 네!"

의뢰 보드 앞에서 자신들보다 조금 나이가 많아 보이는 사인조 파티에게 말을 건 마르셀라.

느낌상 아마도 열 살 무렵부터 헌터 일을 시작한 이른바『밑바닥부터 차근차근 올라온』자들 같았다.

남자 셋, 여자 하나인 파티로 이 멤버 구성에 문제없이 해오고 있다는 것은 같은 마을 출신인 소꿉친구 파티이기 때문일까…….

원래 사이좋은 그룹이 아니라면 남자 셋에 여자 한 명인 파티, 게다가 여자가 그럭저럭 귀엽게 생겼다면 백 퍼센트 갈등이 생긴다.

……아니, 소꿉친구들이라고 해서 갈등이 안 생긴다는 법은 없지만, 그 확률이 조금은 내려간다는 모양이다.

예전에 선배 여성 파티에게 그렇게 배운『원더 쓰리』멤버들이었다.

"무, 무슨 일로?"

'……?'

아까부터 조금 관찰해서 리더로 보이는 소년에게 말을 건 마르셀라였는데, 지나치게 겁먹는 모습에 살짝 고개를 갸우뚱거렸다.

이 파티는 이틀 전에『원더 쓰리』가 길드에 갔을 때는 그 자리에 없었기 때문에 벌레 퇴치를 위해 마르셀라가 의도적으로 접수원과 나눴던 대화를 듣지 못했을 터였다.

마르셀라는 그렇게 생각했지만, 물론 그저께와 어제 사이에 소속 헌터들이『불행한 사건을 방지하기 위한 길드의 알림』을 받았던 것이다.

길드도 소속 헌터가 괜히 죽는 것을 그냥 두고 볼 생각은 없었다.

그래서 그 헌터들도 『원더 쓰리』에 대해 너무 과장된, 거의 헛소문의 영역을 알고 있었다. 그래서 아까부터 마르셀라 일행의 사선…… 아니, 시선이 자신들을 향해 있다는 것을 어렴풋이 느끼고는 있었지만, 그럴 리 없다며 애써 자신에게 들려주면서 절대 마르셀라 일행과 눈이 마주치지 않으려고 노력하고 있었다.

'그런데 어째서…….'

그렇게 생각하면서도 어디에 있는지 모를 비밀 호위나 집안에서 몰래 붙인 감시자들의 심기를 건드리지 않으려고, 덥지도 않은데 땀을 뻘뻘 흘리는 리더 소년.

그런 그에게 마르셀라가 용건을 전했다.

"우리랑 합동으로 오크와 오거를 사냥할래요?"

연장자에게 약간 거만한 말투였지만, 이것도 다 벌레 퇴치를 위한 연기라며 체념했을 뿐이지 속으로는 창피해서 바들바들 떨고 있었다.

……하지만 겉으로는 티 하나 내지 않고 태연하게 구는 마르셀라.

『토벌』이 아니라 『사냥』이라고 한 건 먹이터라며 마을 근처에 정착했다거나 개체가 급증해서 솎아낼 필요가 있을 경우 등을 제외하면 굳이 보수금을 지급해가며 오크와 오거 토벌을 의뢰하는 경우가 거의 없기 때문이다.

……게다가 만약 어쩌다 그런 의뢰가 올라왔다고 하더라도 헌터 등록을 한 지 며칠 되지도 않은 F등급에 미성년자 소녀 세 명 파티는 설령 C등급 선배 파티와 합동으로 한다고 해도 수주가 불가능했다. 의뢰 내용에 『C등급 이상』이라고 나와 있을 테고, 만약 나와 있지 않더라도 접수원이 반드시 배제할 테니까…….

설령 트집 잡으면서 불평한다면 그때는 길드 마스터가 나와 길드 마스터의 권한으로 받아들이지 않을 것이다.

그래서 통상 의뢰로 오크나 오거를 토벌하는 것은 마르셀라 일행이 절대로 할 수 없었다.

……하지만 이빨과 가죽, 고기 그리고 정력제의 재료로 들어가는 고환 등의 소재 납입이라면 문제없다.

어쩌다 마주쳐서 공격받아 그에 대응할 때도 있으니 그런 것은 OK였던 것이다.

마르셀라 일행은 어디까지나 제일 안전한 방법으로 길 안내인 대신 그 지역 헌터의 동행을 바랐을 뿐이었다.

그 지옥 같던 최종 결전에서 살아남은 『원더 쓰리』가 아닌가. 이제 와서 오크와 오거에게 질 거라고는 생각하지 않았다.

하지만…….

덜컹!

덜컹덜컹덜컹덜컹덜컹!

""""""그만둬어어어어~~!""""""

길드 안이 절규에 휩싸였다.
접수 카운터의 안쪽도 바깥쪽도…….
자신들만이면 모르겠지만, 그 지역 헌터들도 함께 있는데 예상 밖의 큰 반응에 깜짝 놀라는 마르셀라 일행.
……그녀들은 아직 알지 못했다.
이 대륙의 마물들이 구대륙의 마물보다 훨씬 영리하고 힘겨운 상대라는 사실을…….

"그만둬!"
"어이, 『끝없는 여로』, 그 제안을 받아들이지 마라! 거절해!"
모두에게 그런 말을 들을 필요도 없이 소녀들은 제안을 받아들일 생각이 전혀 없었다.
자신들끼리만 가도 전멸할 게 뻔하다. 그런데 초보나 다름없는 신입 미성년자 소녀 세 명을 보호해야 한다니, B등급 헌터가 세 명 정도가 아니라면 절대 불가능했다.
사람들이 노골적으로 꺼리고 방해하자 마르셀라 일행은 화가 났지만, 지금까지도 이런 일은 숱하게 겪었다. 그래서 이 정도에 물러날 생각은 눈곱만큼도 없었다.
"받아들일 거예요? 아니면 아무 상관도 없는 사람들의 부정적인 말들에 겁먹었나요? 고작 오크랑 오거 따위인데?"
소녀들을 분발하게 만들려고 일부러 부추기듯 말한 마르셀라였는데…….
"……미안해, 무리야! 오크 한두 마리라면 모르겠지만 오거는 절대로 무리란 말이야!”

그렇게 소리치고 냅다 줄행랑치는 『끝없는 여로』 멤버들.

“헉…….”

모처럼 고른 사냥감이 달아나자 어이없어하는 마르셀라 일행.

“아가씨들, 그야 당연히 무리지. 저 녀석들을 안 좋게 생각하지 마. 쟤들은 기껏해야 오크 한 마리가 최선이야. 오크와 오거 무리가 상대면 전멸 아니면 한두 명은 도망칠 수 있을까 말까라고. 그것도 헌터 가업 은퇴는 확실한 중상을 입고 평생 지워지지 않을, 동료를 죽게 했다는 마음의 상처를 입고 말이야……. 아무리 노력해도 무리인 건 무리인 거야. 아가씨들도 조금은 헌터 등급과 마물의 강한 힘의 역학관계를 좀 알아본 뒤에 그런 걸 들이밀도록 해. 녀석들은 상식적으로 판단해서 도망쳤지만, 귀여운 여자애 앞에서 폼 잡으려고 받아들이고 마는 멍청이도 있으니까. 그 녀석들도 아가씨들도 전멸하는 미래가 눈에 선해서 속이 뒤집힌다고…….”

“엥…….”

그 자리에 있던 헌터 중 하나가 충고하자 어리둥절해진 마르셀라 일행.

“……그렇게 큰일인가요? 오크랑 오거 몇 마리 잡는 게…….”

자신들의 공격마법이면 한 방에 끝.

물리 공격도 C등급 검사나 창사면 그럭저럭 잘 싸울 수 있을 터.

그래서 마술사 세 명과 균형 잡힌 4인 파티가 합동으로 받으면 오크 대여섯 마리, 오거 두세 마리 정도쯤 아무 피해 없이 정리될 것이었다.
그것이 『원더 쓰리』의 상식이었는데…….
"너희가 높은 등급 헌터라도 되냐! 그런 건 B등급 이상인 녀석들이나 가능하다고!"
"""엥……."""
마르셀라 일행, 깜짝 놀랐다.
"오크와 오거는 대체로 두세 마리씩 같이 움직이니까 말이야. 오크 세 마리면 우리 파티랑 아가씨들이 합동으로 받고, 아가씨들 모두가 상당한 공격마법 실력자라면 꼭 불가능하지도 않겠지. 하지만 오거 두 마리는 무리야. 설령 잡는다고 해도 우리 쪽에도 부상자나 사망자가 나올 거야. 그런 걸 어떻게 받아들이냐……."
""""으헤에에에엑!""""
너무나 예상하지 못한 설명에 눈이 휘둥그레지는 『원더 쓰리』 세 사람.
"뭐, 쓸 수는 있는데요, 상당한 공격마법을, 저희 셋 다……."
""""""쓸 수 있다고오오?!!""""""
그 자리에 있던 모두가 꼬집어도 그냥 무시하는 『원더 쓰리』.
"……그런데 오크랑 오거는 자기 소굴 근처가 아닌 이상에는 대체로 단독 행동을 하지 않나요?"
올리아나가 이상하다는 듯이 묻자…….
"아니, 그렇지 않지. ……으~음, 너희들, 사냥 나가기 전에 여기 2층에 올라가 마물 공부부터 해라! 아무리 공격마법을 쓸 줄 안다지만 아무것도 모르면 첫날 바로 전멸한다고. 뿔토끼(혼래빗)

의 뿔에 배가 관통당하거나 머리에 찰싹 달라붙은 슬라임 때문에 코와 입이 막혀서 질식사하거나. 대여섯 살 꼬마라도 방심한 틈을 노리면 힘센 병사를 죽일 수 있는 법. 낮은 등급의 마물도 방심하고 얕봤다간 죽는다."

"""""……."""""

과연 그 충고는 틀리지 않았다.

하지만 『원더 쓰리』는 이제 막 신규 등록을 해서 F등급인 것뿐이다.

사실 전반적으로는 C등급 하위, 공격 능력만 놓고 보면 B등급 상위 정도는 되는 실력이었다.

……하지만 마르셀라 일행은 그 사실을 밝히지 않았다.

어차피 믿어주지도 않을 테고, 믿으면 믿는 대로 이래저래 귀찮아진다.

또 적을 방심하게 만들어야 하니 쓸데없는 정보는 주지 않는 편이 낫다.

대용량 수납마법의 존재를 숨김없이 사용할 경우에는 특히 더.

"""""…………."""""

뭔가 자신들의 경험과 상식에 반한 이야기를 듣고 영문을 몰라 당혹스러워하는 마르셀라 일행.

이야기의 기준이 완전히 달랐기에, 이해도 의견 조정도 불가능했다.

마르셀라 일행이 이 근방의 마물에 대해 올바르게 인식하지 않는 한에는 어쩔 방법이 없었다.

"……알겠어요. 2층에 가서 공부할게요."

이곳 헌터에게 2층에 가서 공부하라는 말을 들은 것이다.

그럼 그렇게 하면 이곳 헌터들이 마물들을 왜 그렇게, 그리고 얼마나 위협적으로 생각하는지 알 수 있을 터였다.

이런 부분에 있어 마르셀라 일행은 이성적으로 판단하자는 주의로, 특별히 반발하지는 않는다.

베테랑과 선배의 의견, 충고는 진지하게 받아들인다.

……그에 따르고 말고는 또 별개의 문제지만, 이번에는 유익한 충고라고 판단했다.

"……그, 그래……."

보통, 자기 힘을 과신하는 청년들은 아저씨의 충고 따위 무시하기 마련이다.

그래서 분명 발끈하며 대들 거라고 예상했는데 마르셀라 일행이 순순히 충고를 받아들이자 살짝 당황한 선배 헌터.

하지만 젊은이를, 그것도 귀여운 소녀 마술사라는 귀한 보물을 허망하게 죽게 두는 것을 피할 수만 있다면. 심지어 자신의 충고 덕분에 그렇게 된 거라면 기분이 나쁘지 않을 것이다.

『이 녀석들은 내가 키웠다!』 하는 느낌으로.

노망난 늙은이 취급하면서 싫어할 거라는 걸 알고도 악역을 자처했는데 이런 결과라니.

기쁘지 않을 리가 없었다.

"……뭐, 힘들거나 모르는 게 있으면 뭐든 물어봐……."

그리고 『원더 쓰리』가 2층으로 이동한 후, 그 헌터는 『공격마법을 쓸 수 있는 귀족 미소녀 마술사 트리오』 쟁탈전에서 크게 리드하게 된 것을 축하하며 파티 멤버들에게 등을 맞았고, 그런 그를 다른 헌터들이 무서운 눈으로 노려보았다…….

*　*

"뭐예요, 이게!"

길드 지부 2층에서 신인용 자료를 읽던 마르셀라가 무심코 소리쳤다.

"추천 전력, 오크 세 마리 한 조당 C등급 헌터 10명 이상……."

"C등급 세 명이 오크 한 마리를 붙잡고 나머지 멤버가 급소를 공격하는 걸까요? 아무튼 이게 의미하는 건……."

""""오크 한 마리를 다치지 않고 쓰러트리려면 C등급 헌터가 적어도 세 명 이상이 필요하다는…….""""

"너무 약한데요, 여기 헌터들!"

"""쉬이잇~~!"""

허둥지둥 검지를 입에 대며 마르셀라에게 조용히 하라고 한 모니카와 올리아나.

아무리 사람이 적다지만 2층에도 아무도 없는 게 아니다. 담당 길드 직원과 그 지역의 헌터 몇 명이 있었다.

그리고 마르셀라의 말이 모두의 귀에 똑똑히 들어가, 다들 험악한 얼굴로 노려보았다.

"……제가 잘못했네요……."
과연 지금은 실언이었다.
그 사실을 자각하고 순순히 사과하는 마르셀라.
다른 헌터와 직원들도 자신들의 힘을 과신한 신인이 착각하는 것에는 익숙했기 때문에 딱히 진심으로 화난 건 아닌 듯했다.
하지만 태도에 전혀 드러내지 않고 그냥 넘어가면 신인 교육상 좋지 않기에 일단은 화냈을 뿐이다.
보통은 그래도 『뭐야, 불만이라도 있냐!』 하고 말하면서 덤비는 젊은이도 절대 적지 않은 만큼, 제대로 반성하고 사과하는 건 그래도 나은 편이었다.
……게다가 상대는 귀여운 소녀니까.
다들 오른쪽 손목만 살짝 움직여 사과를 받아들였음을 표시했다.
결국 어느 업계나 미인과 미소녀는 이득을 본다…….
"……그럼 이 부근의 C등급 헌터는 우리나라와 달리 오크 한 마리를 토벌하는 데 여러 명이 붙지 않으면 안 된다는……."
"마르셀라 님, 아까보다는 훨씬 낫지만, 그래도 별로 달라진 게 없잖아요!"

『원더 쓰리』가 공격력은 B등급 상위에 버금가는데 종합 능력은 C등급 하위로 판정받은 데에는 물론 다 이유가 있었다.
체력이 없어서 장기전으로 들어가면 몸놀림이 급격히 둔해진다.
이동 속도가 느리다.

근접 전투 능력이 낮다.

방어력이 너무 약해 공격 한 방만 맞아도 바로 전투 불능이 된다.

대인 전투 경험이 거의 없다.

겉모습 때문에 얕보인다. ……아무리 우세여도 항복 권고에 응해주는 경우가 일단 없다.

유괴 목적으로 공격을 당했을 경우에는 상대에게 살의가 없기 때문에 대처하기 쉽지만, 전쟁터에서 목숨이 왔다 갔다 하는 경우에는 여자들이라고 해서 상대가 힘 조절을 하진 않는다.

……영 답이 없다.

이래서는 아무리 공격력 하나가 뛰어나더라도 헌터로서의 종합적 평가는 낮을 수밖에 없다.

아니, 물론 전속 나노머신의 존재와 권한 레벨 2에 따른 마법 위력의 증대 그리고 마일에게 배운『마법의 진수』를 통해 자기들끼리 고안한 여러 가지 오리지널 마법의 존재 이외에도『원더 쓰리』에게는 많은 이점이 있었다.

머릿속으로 영창하는『유사 무영창』이 아니라 진짜 무영창 마법을 쓸 수 있다.

원거리에서의 선제 탐지와 원격마법 공격에 의한 일방적인 적 섬멸.

아이템 박스를 쓰는 운송 능력.

외모로 상대방의 방심을 불러올 수 있다.

헌터인지 잘 모른다는 데서 오는 이점.

여성의 비밀 밀착 호위가 가능.

……하지만 아무리 해도 들러리 취급, 한철 취급을 받는 것은 어쩔 수 없었다.

정상적인 상인이라면 상단 호위로 『원더 쓰리』를 고용하려고 하지 않겠지.

귀여운 소녀가 셋이나 붙어 있으면 도적을 피하기는커녕 오히려 미끼가 될 테니.

마르셀라 일행도 물론 자신들의 장단점을 잘 인식하고 있었다.

그래서 모두가 공격마법, 방어마법, 지원마법, 치유마법을 구사하고 공격력이 B등급 상위에 버금가더라도, 조금이라도 위험하거나 불안 요소가 있는 의뢰를 받을 때는 전위직이 주체인 파티와 결합하는 신중함을 보였다.

아무리 위험이 적어도 ……어느 한 사람이 크게 다칠 확률이 설령 100분의 1이라고 해도 『100번 하면 꽤 높은 확률로 당첨』되는 것이나 마찬가지다.

그런 의뢰를 사흘에 한 번꼴로 받는다면 늦어도 몇 년 안에 『당첨』을 뽑게 되리라.

그리고 그걸 언제 뽑게 될지는 알 수 없다.

백 번째일 수도 있고. 오십 번째일 수도 있고. 열 번째일 수도 있고. ……그리고 첫 번째일지도 모르는 것이다.

그래서 왠지 자신들의 인식과 어긋나 있는 듯한 이곳의 상식을 안 이상, 자기들끼리 토벌 의뢰를 받을 생각은 전혀 없었다.

아니, 그걸 알기 전부터 낯선 장소에서 처음 하는 일을 자기들끼리만 할 생각이 없어서 그 소녀 파티에게 말을 걸었던 것인데…….

"여하튼 이곳 헌터가 왜 그렇게 약한지 이유를 확인할 필요가 있겠네요. 이 대륙에서도 저희의 마법 위력이 다르지 않다는 건 확인했으니까, 그다음으로 생각해볼 수 있는 건 여기서 쓰는 마법 수준이 낮고, 주문이 부적절하고, 헌터의 마력이 약해서 몇 번밖에 못 쓰고, 쓸 수 있는 마법 종류가 적은……."

다른 사람 귀에 들리지 않게 얼굴을 맞대고 조용히 소곤거리는 마르셀라.

"하지만 마법이 약해도 전위와 중위의 물리적 공격만으로도, C등급 네다섯 명 있으면 오크 몇 마리쯤이야 쉽게 사냥할 수 있지 않나요? 검사 둘에 창사 하나, 궁사 하나 같은 구성이면……."

"그렇죠. 그리고 거기에 마술사가 한 명 추가된다면……. 아무리 공격력이 약해도 상대의 눈을 못 뜨게 만들거나 지원마법 같은 걸 잘 구사하면 문제없을 텐데요……."

올리아나의 말에 모니카가 찬성했다.

"뭐, 불확정 요소가 있다는 건 파악했네요. 이제 남은 건……."

""""현장에서 확인하는 것뿐!""""

"……하지만 이곳 헌터의 실력과 전투 방식을 확인하는 데 저희끼리 의뢰를 받아봐야 아무 도움도 안 되니까요……."

"지금은 적당한 파티…… 아까 말 걸었던 사람들보다 강한 중견 파티에게 제안하는 수밖에……."

마르셀라와 올리아나가 중얼거리자 모니카가 생긋 웃었다.

"적당히 강하고 합동 수주 제안을 받아줄 만한 좋은 파티가 하나 있어요."

그리고 그 말을 듣고 손뼉을 짝 치는 마르셀라와 올리아나.

""아아!""

* *

"실례하지만 저희, 공부차 오크 사냥을 견학하고 싶어요. 그래서 말인데 합동 수주를 해주실 수 있을까요? 토벌 보수는 안 주셔도 돼요. 여러분이 가지고 가실 소재를 뗀 후에 남은 것만 받아도 충분해요."

그렇게 아까 마르셀라 일행에게 충고해준 선배 헌터에게 제안한 마르셀라.

선배 헌터는 깜짝 놀라 눈이 동그래졌는데, 그런 그의 등을 동료 헌터가 쿡 찌르자 허둥지둥 대답했다.

"……그, 그래. 신중한 태도로 열심히 공부하는 건 좋지. 그렇게 해야 오래 살 수 있어. 그래, 견학이라는 말을 너희들은 싸우지 않는다는 걸로 해석해도 될까?"

그 질문에 고개를 끄덕인 마르셀라.

"그럼 우리만으로는 좀 걱정이 되는데. 아니, 물론 **우리끼리**만 하는 건 괜찮아. 하지만 만에 하나 너희를 보호하면서 모두 다치지 않고 다녀오는 건 아주 조금 자신이 없네. ……그래서 말인데, 다른 파티 하나만 더 같이 가도 될까?"

마르셀라 일행과 막상막하로 신중했다.

헌터는 그 정도는 되지 않으면 중견이 될 때까지 살아남기 힘들다.

언뜻 봤을 때 이 파티에는 마술사가 없었다.

그렇다면 아마도 마술사가 있는 파티에 제안할 확률이 높았는데, 그건 마르셀라 일행으로서도 대환영이었다.

전위직의 물리 공격뿐만 아니라 마술사의 수준까지 확인할 수 있으니까…….

그래서 물론.

"상관없어요. ……아니, 대환영이에요!"

이리하여 『원더 쓰리』의 이 대륙 첫 마물 토벌(견학)이 성사되었다.

* *

"C등급 『여신의 용사』다. 잘 부탁해."

"저희야말로 잘 부탁드립니다."

선배 헌터 파티…… 『겨울 성』……다섯 명에 『여신의 용사』가 네 명.

둘 다 C등급 중에서도 상위에 속하는 파티라고 했다.

『겨울 성』은 검사, 창사, 궁사(단검도 다룬다) 등 모두 물리. 『여신의 용사』는 전위 둘에 공격계 마술사 하나, 치유 및 지원계 마술사 하나로 마술사의 선제공격과 전위 지원에 의지하는 조금 독

특한 파티 같았다.

……마술사가 부족해 서로 영입하려고 난리인 헌터업계에서 네 명 중 둘이나 마술사라니, ……심지어 둘 다 여성이라니, 다른 파티의 부러움을 사는 것은 확실하리라.

원래부터 『겨울 성』과는 교류가 있었던 듯한데, 『여신의 용사』가 제안에 응한 것은 마술사 두 명이 『원더 쓰리』에게 흥미가 있었기 때문이었다.

과연 여성 마술사의 입장으로서는 아직 미성년자인 소녀 마술사만으로 구성된 삼인조가 염려스러울 수밖에 없겠지.

자신들은 어쩌다가 어엿하게 성장할 수 있었지만, 그 자리까지 오르면서 마물 그리고 인간에게 공격당해 사라져간 수많은 여성 헌터를 봐왔을 테니까…….

((이 아이들은 내가 지키겠어!!))

흐흥~, 하고 뜨거운 콧바람을 내뿜는 두 여성 마술사였다…….

*　*

"……전방에 오크 세 마리. 가자!"

『겨울 성』의 전위가 조용히 속삭이고는, 뒤에 있는 사람들에게도 핸드 사인을 보내 알려왔다.

그에 고개를 끄덕이는 자와 가볍게 손을 들어 알았다고 신호하는 자.

"미리 맞춘 대로 마술사조는 원거리 공격과 지원, 『원더 쓰리』

는 마술사조와 같은 장소에서 견학할 것. 나머지는 전원 마법 선제공격과 동시에 돌격한다. 알겠지?"

리더의 지시……랄까, 사전에 수도 없이 회의했던 내용의 최종 확인에 고개를 끄덕이는 파티 멤버들.

집요해 보여도 이런 것은 몇 번이고 되짚어야 하는 법이다.

그래야 실수와 잘못의 방지로 이어진다.

'리더의 지시도 모두의 반응도 괜찮네요…….'

마르셀라가 조용히 속삭이자 고개를 끄덕이는 모니카와 올리아나.

팀워크와 임하는 마음가짐 등은 문제없어 보였다.

그리고 전투 능력은…….

"아이시클 재블린!"

"아이스 니들!"

빠른 영창 후에 마법명을 외치자 공격마법이 발동되었다.

두 마술사 중 한 명은 지원마법이 전문이라고 했는데, 공격마법을 전혀 못 쓰는 것도 아닌지 무방비 상태인 적에 대한 첫 공격에는 참여하는 모습이었다.

공격을 잘하는 쪽이 적의 숫자를 줄이기 위해 강력한 단발성 공격마법을 날렸다. 그리고 비교적 약한 쪽은 명중 정밀도를 신경 쓰지 않아도 되어서, 비록 위력은 낮지만, 적 전체의 전투력을 떨어트릴 수 있는 범위 공격마법을 날렸다.

전위가 돌입하기 전에 하는 공격으로서는 최적의 선택이리라.

아이시클 재블린이 오크 한 마리의 어깨를 찔렀고 아이스 니들은 세 마리를 중심으로 넓게 쏟아졌다.

"돌격!"

『겨울 성』 리더의 호령에 뛰쳐나가는 전위들.

아이스 니들은 적의 눈을 망가뜨리면 대성공인데, 그렇게 되지 않더라도 상대를 혼란에 빠트려 전의를 잃게 하는 데 도움이 된다.

그 혼란 속에 뛰어들어서, 아이시클 재블린에 어깨가 뚫린 오크에게 두 명 그리고 두 마리에게 남은 멤버 모두가 달려들어 난도질했다.

그렇게 오크 세 마리가 땅에 쓰러졌다.

"충분히 강하잖아요! 얘기가 다른데요!"

왠지 불합리한 불만을 제기하는 마르셀라.

"아니, 우리는 C등급 상위여서 강하다고 말했을 텐데! 그리고 『여신의 용사』 쪽 전위 두 명, 마술사 두 명이 추가되었으니까, B등급 정도의 전력은 되지!"

마르셀라의 억지 비난이 뜻밖이라는 듯 반론을 펼치는 『겨울 성』 리더. 『여신의 용사』 멤버들은 그 소리를 듣고 쓴웃음을 지었다.

이 합동팀이 결성되어 사냥에 나선 사정을 알기에 그러는 것도 무리는 아니었다.

"고전하는 건 일반적인 C등급 이하고, 특히 마술사가 없을 때야. 우리는 C등급 상위니까 호위해줘야 할 너희가 없었으면 우리끼리라도 충분히 할 수 있다고 전에 말했을 텐데……."

"윽, 하, 하긴 그렇게 말씀하시긴 했죠……."

길드에서 나눈 대화를 떠올리고 입을 다무는 마르셀라.

"……으윽, 다음으로 가요. 다음으로!"

그리고 모두 걷기 시작했는데, 마르셀라가 문득 생각나 뒤쪽에 있는 오크 세 마리를 아이템 박스에 수납했다.

다른 파티 멤버들은 오늘 계속 사냥이 이어지기 때문에 오크 고기를 챙길 수 없다고 여기고 그냥 버릴 생각이었던 모양이지만, 모처럼 얻은 사냥감을 그냥 버리는 것은 아깝다.

가난한 남작가……지금은 자작가지만……의 셋째 딸인 마르셀라는 궁상맞은 성격이었던 것이다.

앞으로 있을 활동도 있고 해서 딱히 아이템 박스를 감출 생각은 없었는데, 『원더 쓰리』보다 앞에서 걷는 두 파티는 마르셀라가 오크 세 마리를 수납한 사실을 전혀 알아차리지 못했다.

* *

다음은 『전형적인, 일반 C등급 파티』의 모습을 본뜬 싸움이다.

『겨울 성』 다섯 명만. 마술사가 없고 검사와 창사, 궁사 겸 단검구사자 등 물리직만 있었다.

"이 멤버로는 일부러 힘을 빼고 중견 C등급 파티 수준으로 하면 다칠 수 있으니까 말이지. 공격을 진지하게 할 테니, 알아서 강도를 감안해 판단해줘."

"……알겠어요. 그리고 저희도 언제든 지원할 수 있게 대기하고 있을 거고, 치유마법에는 꽤 자신 있으니까 마음 놓으셔도 괜찮답니다. 물론 아무리 치유 가능하다고 해도 아픈 건 싫으실 테고, 망가진 방어구와 찢어진 옷은 원래대로 못 고치니까요."

반쯤 농담을 섞어서 그렇게 대답한 마르셀라였는데, 실제로 비싼 방어구를 망가뜨린다면 의뢰 보수 그리고 가지고 돌아갈 수 있는 고기의 이익금만으로는 대적자일 터였다.

"그런 실수는 안 해!"

그렇게 말하고 사냥감을 찾아 숲을 나아가는 일행.

그리고…….

"전방에 오크 셋!"

조금 앞서 걷던 정찰 담당이 돌아와 작은 목소리로, 그러나 또박또박 보고했다.

"……정말로, 오크가 세 마리 단위로 움직이고 있군요……."

두 번 연속이었기 때문에 마르셀라도 이제는『오크가 우리 근처가 아닌 곳에서도 세 마리씩 행동한다』라는 이야기를 믿게 된 눈치였다.

"그럼 의논한 대로『여신의 용사』는『원더 쓰리』를 호위하고 만일의 사태에 대비해 공격마법을 홀드해 놔 줘. 아군을 쏘지 않게 조심해!"

"신입 F등급도 아니고 그런 실수를 누가 한다고 그래요! ……공격마법을 쏜 후에 당신이 어슬렁어슬렁 대각선으로 이동하지만 않는다면 말이죠!"

그냥 단순히 순서를 신신당부하는 루틴대로 했을 뿐일 텐데 직업상 가진 긍지를 건드렸다고 여긴 모양인지 『여신의 용사』의 여성 마술사에게 한 소리 들은 『겨울 성』 리더를 살짝 측은하게 생각한 『원더 쓰리』 세 사람이었다.

"……좋아, 그럼 가자!"

딱히 관심 있는 건 아닌 듯했지만, 여성 마술사에게 물어뜯겨 살짝 의기소침해진 리더가 정신을 가다듬고 지시를 내렸다.

아무리 승산 높은 싸움이라도 방심하면 죽는다.

목숨을 건 전투 앞에서는 육체뿐 아니라 정신상태도 최고의 컨디션을 유지할 필요가 있었다.

그래서 아무리 의기소침해졌어도 싸움을 앞두고 완전히 정신을 무장했다.

……그들은 프로니까…….

* *

"어떻게 된 일이죠……."

깜짝 놀라 멍한 얼굴로 중얼거리는 마르셀라.

모니카와 올리아나도 굳어 있었다.

전투는 별일 없이 『겨울 성』이 다치지 않고 승리를 거두었다.

그러나…….

"어째서, 오크가 연대해서 움직이는 거냐고요!"

그렇다. 원래 같으면 각자 따로 싸우는 오크인데, 서로의 등을 지키고 도우면서 싸웠던 것이다.

사람이 다섯 명이면 파티로서는 약간 많은 편이다. 그리고 C등급 파티 중에서도 상위 베테랑인 만큼 무난하게 승리한『겨울 성』이었지만, 만약 이게 서너 명으로 인원이 적은 파티였다면. 그리고 C등급 하위 파티였다면…….

싸움은 승리했고 오크들을 전멸시켰다고 해도 자기 쪽에 한 명이라도 다치는 사람이 나온다면 대적자다. 그리고 부상자는 헌터를 은퇴하고 파티는 해산된다거나…….

그런 의뢰를 몇 푼도 안 되는 보수를 받고 일상적으로 받을 수 있을 리가 없다.

오크가 세 마리 있다는 사실과 세 마리가 한 조로 움직이는 것은 다르다. 완전히 다르다.

그냥 세 마리가 한 장소에 있을 뿐이라면 그건 그냥 오크 한 마리의 전력에 세 배다.

하지만 그 세 마리가 연대해서 서로의 사각지대를 커버해가며 힘을 합쳐 싸운다면 그 위협도는 몇 배로 훌쩍 뛴다.

"몇 마리씩 뭉쳐 다니고, 각개전투가 아니라 연대해서 싸우다니……. 최종 결전에서 싸웠던 적, 신종같이 육체적으로 뛰어난 능력은 절대 아니지만 싸움 상대로 보면 우리 인간 측이 압도적으로 우위였던 부분이 확 뒤집혀서, 원래의 육체적인 능력 차이로 승부를 펼치게 된다면……."

"개위험하지 말입니다!"

올리아나의 말에 무심코 헌터들이 잘 쓰는 험한 말투를 써버린 마르셀라.

"……그런데 육체적인 공격력와 방어력은 일반 오크와 다르지 않아요. 그럼 원거리에서 마법으로 하는 선제공격과 그에 뒤따르는 일방적인 마법 연타 공격이 기본 스타일인 우리에겐 이렇다 할 영향이 없지 않을지?"

"……그, 그것도 그러네요……. 첫 번째 대결에서도『여신의 용사』의 두 마술사께서 하신 공격이 그냥 평범하게 통했으니까요. 한 분은 공격마법 전문도 아니셨는데……. 그렇다는 건……."

"""문제없네요, 없어!"""

"……뭐야, 그게……."

마르셀라 일행의 대화를 듣고 어이없어하는『겨울 성』리더.

황당한 것도 무리는 아니다.

미성년자인 후위직 소녀 삼인조가 오크 세 마리와의 싸움을『문제없다』라고 말한 것이다.

그런 말은 보통 자신들의 힘을 과신하고 자만하는 멍청이나 하는 법이다.

……그리고 그런 자들은 바로 죽는다.

이 세 사람은 그런 바보로는 보이지 않았는데, 무슨 일인지 지금까지 보여왔던 총명함과 거리가 먼 어리석은 생각을, 그것도 농담이 아니라 완전히 진지하게 말하고 있는 것이다.

그것을 듣고는 역시 그래봐야 애구나, 하는 생각이 들어도 어쩔 수 없겠지.

"……저기, 방금 그 오크와의 전투 방식. 그게 일반적인 건가요?"

"응? 어어, 늘 그런 식인데……. 그게 왜?"
'역시 그게 일반적인 거군요…….'
'마술사가 없는 파티는 좀 힘들겠어요.'
'그거, 가는 곳곳마다 저희의 영입 경쟁이 더 격화될 거라는 뜻이네요…….'
"'하아아~…….'"
조용히 대화를 나누고는 한숨을 푹 내쉬는 마르셀라 일행.
"그게 아니었어요! 아무래도 저희가 착각했던 것 같아요……."
마르셀라의 말에 고개를 끄덕이는 모니카와 올리아나.
"헌터들이 약한 게 아니라……."
"""마물이 강해!!"""
마침내 진상을 파악한『원더 쓰리』였다…….
"신체 능력은 우리나라에 있는 마물과 다르지 않지만, 전술을 쓰는 그 영리함! 그럼 C등급 하위 파티가 많이 부담스럽죠……."
"아니 그래서 처음부터 그렇다고 말했잖아! 뭘 이제 와서 새삼스럽게……."
"…………."
마르셀라가 중얼거리자 그렇게 꼬집는 리더였는데, 그 말이 맞았기 때문에 마르셀라는 반론할 수 없었다.
"……그럼 이번에는 저희끼리 사냥할 테니 여러분은 만일의 사태에 대비해 호위를 부탁드릴게요."
"어, 어어, 그거야 상관없지만……."
오크의 육체적 방어력이 지난 대륙의 마물과 다르지 않다는 건 이미 확인을 마쳤다.

그럼 왜 굳이 마르셀라가 자신들의 실력을 노출하려고 하는가 하면…….

'여기서 우리의 전투 능력을 증명해두지 않으면 이 마을에서 토벌 의뢰를 받을 수 없고, 합동 수주에 응할 젊은 파티도 없을 거예요. 나이 많은 베테랑 파티도 이 두 파티처럼 착하지 않은 한에는 어린 소녀를 보호해야 하는 귀찮고 돈 안 되는 의뢰는 받아주지 않으실 테고…….'

마르셀라가 그런 생각을 했는데, 자신들의 수납마법이 알려지면 합동 수주 신청이 쇄도하리라는 것은 머리에서 빠져 있었다.

아무리 마르셀라라도 가끔은 멍청할 때도 있다.

"그럼 다음으로…… 아, 수납!"

그리고 사라지는 오크 세 마리.

깜짝 놀라 입을 쩍 벌린 채 그대로 굳어버린 『겨울 성』과 『여신의 용사』 멤버들.

"……어라? 제 수납마법에 대해 말씀을 안 드렸던가요?"

""""""""""금시초문이다!!""""""""""

*　*

그 후 수납마법에 대해 이것저것 꼬치꼬치 캐물어서 상당한 대용량이라는 사실을 알려준 마르셀라.

쓸 수 있는 사람이 마르셀라 뿐이라는 건 특별히 말하지 않았지만, 애당초 한 명 있는 것만으로도 다들 경악하는 게 수납마법 구사자다. 『다른 두 사람은 쓸 수 있나』 같은 질문은 머리에 떠오르지조차 않는 듯했다.

"상식에서 벗어난 대용량 수납마법 구사자……. 너희가 짐도 별로 없이 그렇게 돌아다닐 수 있는 이유가 그거였나……. 지팡이(스태프)와 단검과 물통 이외에는 작은 가방밖에 없어서 야영 같은 건 어떻게 하나 싶었는데……. 오크 세 마리를 아무렇지 않게 넣을 수 있다면 야영용 방수천과 모피 정도쯤은 얼마든지 들어가나……."

그렇게 중얼거리는 리더였는데…….

"네, 텐트랑 침대, 담요 같은 건 가지고 있답니다?"

"치, 침대……."

백 보 양보해서 텐트와 모포는 뭐, 이해하려면 할 수도 있다.

하지만 침대라니.

……그건 아니지…….

마르셀라의 이야기에 얼빠진 눈으로 가만히 서 있는 『겨울 성』과 『여신의 용사』 멤버들이었다…….

*　　*

이번에 마르셀라 일행은 탐색마법을 쓰지 않았다.

지금은 어디까지나 『지역 헌터의 실력 확인』이었고, 이 정도 베테랑 전위직이 있으면 기습…… 원숭이계 마물이 나무 위에서 들어오는 공격이라든지 고블린, 코볼트가 나무 뒤에서 튀어나와 하는 공격 등을 받더라도 첫 번째는 넘어갈 수 있을 것이고, 그 정도만 시간을 벌어도 마르셀라 일행의 방어마법으로 어떻게든 될 것이기에 위험이 적다고 판단했던 것이다.

게다가 탐색마법에 대해 숨길 작정이었기에 만약 마물을 탐지했다고 하더라도 어차피 다른 파티에게 알려줄 수 없었다.

그래서…….

"오거다! 네 마리…… 큰일 났다, 들켰어!"

오거는 두 마리씩 움직이는 경우가 많다.

그리고 이번 마술사 포함 두 파티라면 짐짝인『원더 쓰리』가 있어도 오거 두 마리 정도야 문제없었다.

그렇게 생각했건만 설마 했던 네 마리. 심지어 자신들을 알아보았다.

철수하려고 해도 숲속에서 오거의 추격을 따돌리기란 불가능하다.

얼굴이 창백해진『겨울 성』과『여신의 용사』멤버들이었는데…….

"이게 바로 아델 씨가 잘 쓰는 대사,『바람이 불어 가는 쪽에 섰으나, 네놈의 불찰이다!』*인 상황이네요……."

"그 반대예요, 마르셀라 님. 냄새로 선제 탐지를 허용해버린, 바람이 불어오는 쪽에 선 우리가『방심해서 당한』거라고요……."

---

*『카무이 외전』에 나오는 유명 대사.

위기감이라고는 전혀 찾아볼 수 없는『원더 쓰리』.

"우리가 시간을 벌게. 너희는 도망쳐……."

"록 재블린!"

"워터 커터!"

"핫 미스트!"

거의 동시에 쏜 영창 생략 마법.

오크보다 강인한 오거의 근육을 뚫기 위해, 아이시클 재블린이 아니라 난도 높은 록 재블린을 선택한 마르셀라.

아이시클 재블린은 공기 중의 수분을 응결시켜 창 모양으로 만든 다음 동결시키거나 먼저 동결부터 시킨 다음 창 모양으로 깎거나, 사람에 따라 방식에 차이가 있지만 공격마법 중에서는 난도가 그다지 높지 않은 편이다.

……참고로 후자 쪽이 강도가 세다.

하지만 록 재블린은 근처에 단단한 바위가 있을 경우 흙에서 바위를 만들어 내는 것도 먼 거리에서 가져오는 것도 다 난도가 몹시 높다.

그리고 모니카가 선택한 워터 커터 역시 단순한 물줄기가 아니라 안에 연마제로 탄화규소를 섞음으로써 그 효과를 비약적으로 높인 것인데, 마찬가지로 탄화규소를 만들려면 아주 고도의 상상력이 요구된다.

그리고 애당초 얼음이라면 모를까『물로 단단한 물체를 절단한다』라는 발상 자체가 이 세계 사람들로서는 도저히 할 수 없을 터였다.

올리아나가 선택한 핫 미스트는 마력이 약한 올리아나가 쓸 수 있는 가장 효과적인 공격마법이었다.

마일……아델과 함께 개발한, 캡사이신을 이용한 **핫**한 안개.

화학병기에 들어가는 비용이 저렴한 것은 어느 세계나 마찬가지다.

마르셀라와 모니카의 공격을 받았지만, 아직 죽지 않은 두 마리 그리고 다친 데 하나 없는 나머지 두 마리.

그 모든 전투력을 빼앗고 혼란을 주기 위한 범위 공격마법이었다.

이렇게 해서 재공격을 위한 시간을 충분히 벌었다.

"록 재블린!"

"워터 커터!"

"아이스 어로우!"

"록 재블린!"

"워터 커터!"

"아이스 어로우!"

영창 생략 공격마법의 연타.

산불 방지를 위해 숲에서는 불마법을 요리할 때나 몸을 녹일 때 말고는 쓰지 않는 것이 상식이었다.

하지만 『원더 쓰리』는 그것 이외에도 자신이 구사하는 마법을 억제하고 있었다.
오거는 오크와 달리 식용육뿐만 아니라 다른 부분도 소재로 값이 매겨진다.
그래서 최대한 소재의 가치를 훼손하지 않기 위해서, 갈기갈기 토막 날 수 있는 공격마법은 피하는 여유를 부렸다.
"뭐야, 이 녀석들……."
그리고 『겨울 성』의 리더의 중얼거리는 소리와 함께 오거 네 마리가 땅에 쿵 쓰러졌다.

*　*

"……그럼 수납마법을 감출 생각은 없는 거지?"
"네. 이걸 감추면 저희에게 소재를 가지고 돌아갈 능력이 거의 없어서 수입이 확 줄어들거든요. 신입 헌터로서 평범한 의뢰 보수만 가지고는 크게 돈벌이가 안 돼요."
""""""""""…………."""""""""""
마르셀라의 설명에 모두 납득할 수밖에 없었다.
아무리 공격 능력이 뛰어나고 높은 등급의 토벌 의뢰를 수주할 수 없는 신입 헌터는 잡은 사냥감을 가지고 돌아갈 능력이 없으면 아무것도 못 한다.
그건 잘 안다.
알지만…….
"……표적이 될 거야. 권유라는 의미에서도, 유괴라는 의미에서도…….”

“뭘 새삼스럽게……. 지금까지 그런 일이 없었을 것 같아요? 그런데도 지금 저희는 건재하잖아요? ……그러니까 그런 거랍니다……. 또 상대를 일격에 즉사하게 하는 무영창마법을 쓸 줄 아는 마술사 세 명을 유괴해 팔아넘길 수 있을까요? 입에 재갈을 물리든 목소리가 나오지 않게 망가뜨리든 무영창마법에는 아무 의미도 없어요. 거래가 성사될 때까지 모른 척 얌전히 굴다가 거래 현장에서 모두 일망타진하면 되죠.”

“““““““““““…………..”””””””””””

주인님께는 저항할 수 없는 마법 목줄이나 노예 문양이 새겨지는 예속마법 등 편리한 건 없다. 반격 따위야 무영창마법이면 바로 해결된다.

“영창 생략 마법뿐 아니라 무영창마법도 쓸 수 있는 건가……. 쓸 수 있는 거네…….”

어깨를 축 늘어뜨리는 리더.

그리고 신인 소녀 마술사가 일찍 죽게 둘 수 없다며 조금 보살펴 줄 생각이었던『여신의 용사』의 여성 마술사 둘도 어깨를 떨구었다.

보살펴 주려던 상대가 자신들보다 훨씬 수준 높다는 사실을 알고서…….

심지어 상대는 미성년자다.

기가 확 죽었다.

“여하튼 확인하고 싶었던 것은 전부, ……아니, 그 이상의 성과를 얻었어요. 이것도 다 『겨울 성』과 『여신의 용사』 여러분 덕분이에요. 저희 신인들을 위해서 일부러 합동 수주를 받아주신 점 진심으로 감사드립니다. ……그럼 좀 이르긴 하지만 오늘의 합동 수주는 이것으로 마치죠."

그리고 마르셀라의 말에 힘없이 고개를 끄덕이는 『겨울 성』과 『여신의 용사』 멤버들이었다…….

*　*

"뭐야, 이게에에에에~~!!"

바닥에 쿵쿵 놓이는 오크 여섯 마리와 오거 네 마리를 보고 무심코 소리치고 만 해체장 주임.

그것도 무리는 아니다.

상식에서 벗어난 어마어마한 용량의 수납마법.

그리고 수납마법 구사자가 있을 뿐이지 전투 능력은 거의 없어 보이는 소녀 삼인조.

그 셋도 보호해야 했으니, 아무리 두 파티가 합동이어도 절대 잡을 수 없을 숫자의 오크와 오거였는데…….

"너, 너희끼리만 잡은 거냐, 이렇게 많은 걸!"

수납마법에도 놀랐지만, 그보다도 이 대량의 오크와 오거 쪽의 임팩트가 더 큰 듯했다.

오크 세 마리를 잡으면 다 가지고 돌아올 수 없을 만큼 많은 고기를 얻을 수 있다. 그래서 한 번 싸우고 나면 그길로 돌아오는 것이 일반적이다.

그래서 순간, 한 번 싸웠는데 이렇게 많은 사냥감을, 하고 착각했던 것이다.

"……아, 그런가! 이놈들이 동시에 출몰한 건가! 엄청난 용량의 수납 보유자가 있으면 뭐, 잇달아 싸워도 전부 가지고 돌아올 수 있으니 문제없었다는 건가! 캬~~~! 수납 보유자가 있으면 상식이란 게 산책 나가버리는구만! 싸운 게 오크 세 마리가 두 번이고 오거 두 마리가 두 번인가……. 하지만 견습생 애들을 데리고 참으로 무모했군……. 아니, 견습생이 있으니까 멋진 모습을 보여주려고 한 건가. 이 멍청이들아, 귀여운 여자애들 앞에서 허세 부리고 폼 잡다가 죽는다고! 네놈들이 죽는 거야 너희 마음이지만, 장차 미인으로 성장할 여자애들을 거기에 휘말리게 하지 마라!"

오래 알고 지낸 사이인 것이다. 주임은 『겨울 성』과 『여신의 용사』의 실력을 잘 알고 있었다.

그래서 오거를 포함한 4연전이 이 합동 파티의 허용 한도를 초과했다는 사실 정도는 잘 알았다.

이번에는 단지 운이 좋았을 뿐. 그렇게 판단하는 것은 당연하다.

""""""""""…………."""""""""""

호되게 야단맞은 『겨울 성』과 『여신의 용사』, 그리고 『귀엽다』라거나 『미인으로 성장할』 거라는 말을 잇달아 들은 『원더 쓰리』는 오그라들고 얼굴이 빨개지는 등 완전히 풀어져 있었다.

꽤 높은 등급 헌터라도 보통은 해체장 책임자에게는 꼼짝 못 한다.

잘못하면 길드 마스터마저도…….

해체장 보스는 헌터를 은퇴한 사람이 맡는 경우가 많아서, 신출내기 병아리였던 시절에 신세 졌던 선배라거나 신인 강습 때 교관이라거나 숲에서 위기가 닥쳤을 때 구해주었던 높은 등급 헌터였거나 하기 때문에 그러는 것도 이상한 일은 아니었다.

그 매입 창구 아저씨와 같은 패턴이다.

"흠, 벤 솜씨가 훌륭하군. 실력이 늘었구나, 너희……."

오거의 베인 상처를 보면서 그렇게 말하는 주임.

탄화규소를 섞은 고압 물줄기에 의한 절단면 따위 본 적 없는 주임은 그것이 실력이 늘어난 검사의 솜씨라고 여긴 모양이었다. 그리고 록 재블린에 의해 뚫린 구멍은 창사가 한 거라고…….

해체장 주임, 보는 눈이 영 꽝이다.

""""""""""…………."""""""""""

살짝 붉어진 얼굴로 고개를 푹 숙이는 『겨울 성』과 『여신의 용사』 멤버들.

자신들이 하지도 않은 일로 칭찬받으면 그저 창피하기만 할 뿐 전혀 기쁘지 않다.

하지만 주임의 오해를 풀기 위해서 괜히 설명에 나서게 되면 헌터에게 최대 금기인 『일로 알게 된 다른 헌터의 비밀 누설』을 범하게 된다.

물론 『비밀』에는 전투 스타일과 특기, 약점 등도 포함된다.

그러한 것들을 누설했다간 대인전에서 생사를 가를 수 있으니 당연하다.

……특히 위법 노예 사냥꾼과 질 나쁜 남자들이 노리기 쉬운 여성 헌터는 더…….

그래서 오해를 풀고 싶어도 풀 수 없었다.

감출 생각이 없는 수납마법만으로도 표적이 될 위험이 있는데, 굳이 『정면으로 가면 공격마법으로 반격당할 수 있으니까 기습 아니면 뒤를 치는 편이 좋아』라고 충고해줘서 어쩔 것인가, 하는 문제였다.

“““““““““…………. ”””””””””

이렇게 헌터 모두에게 가시방석 같은 시간이 흘러갔다…….

* *

“……정말 괜찮겠어? 토벌 보수금을 나눠 받지 않아도? 오거 네 마리는 전부 너희가 잡은 건데……. 아니, 우리끼리였으면 오거 네 마리는 힘들었을 거야. 잘해야 중상자 몇 명 나오고, 운이 나빴으면 사망자가 나왔거나 최악의 경우에는 전멸했을 수도 있어. 그런데도 너희의 몫이 없는 건 좀…….”

“헌터에게 계약은 절대적이랍니다.”

상대의 말을 끊고, 원래 정했던 대로 토벌 보수금 전액을 『겨울 성』과 『여신의 용사』에게 주겠다고 주장하며 물러서지 않는 『원더 쓰리』.

그러자 미안한 생각이 드는 듯한 『겨울 성』과 『여신의 용사』였는데, 그러면 『원더 쓰리』의 수입이 제로인가 하면 물론 그건 아니다.

『두 파티가 가지고 돌아갈 수 있을 만큼 소재를 다 떼고 나면 자신들도 남은 소재를 받겠다』는 약속을 분명히 해두었기에, 오크와 오거 소재 대부분은『원더 쓰리』의 것이었기 때문이다.

물론 실제로는 현장에서 나눈 게 아니고『아마 이 부위를 이 정도 짊어지고 돌아갈 수 있겠지』라는 자기 신고에 따라 그에 해당하는 금액을 분배한 것뿐이지만, 오크 여섯 마리와 오거 네 마리 중에 남자 일곱 명과 여성 두 명이 숲에서 마을까지 어느 정도의 양을 짊어지고 돌아갈 수 있는가 하면…….

그렇다. 실질적으로 매각 이익 대부분은『원더 쓰리』의 차지였던 것이다.

비겁할 정도의『불로소득』, 공짜 이익이었다…….

*　*

"그럼 아델 씨 일행이 오실 때까지 이 마을을 거점으로 다양한 의뢰를 받아서,『붉은 맹세』분들보다 이 근방 상황을 잘 파악해 활동 주도권을 우리가 가져오도록 해요!"

""하앗!!""

이렇게 해서『원더 쓰리』는 승격하기 위한 포인트를 차근차근 쌓아나갔다…….

제131장 상인 소녀

"아! 당신들이 『붉은 맹세』 분들이시죠? 지명 의뢰를 부탁드리고 싶은데요!"

"""""" ……네?""""""

헌터 길드 지부를 찾아 정보 보드와 의뢰 보드 근처에 가기도 전에, 열대여섯 살 정도로 보이는 소녀가 말을 걸었다.

"지명 의뢰? 저기, 그런데 당신은……?"

당황한 투로 묻는 메비스.

무리도 아니다. 구대륙이라면 모르겠지만 이곳에서 『붉은 맹세』는 이제 막 등록한 완전 신입 파티여서 지명 의뢰가 들어올 리 없었다.

물론 사냥감을 대량으로 납입하고는 있지만 그건 길드에 팔고 끝이다. 굳이 괜한 돈을 써가며 자신들을 지명 의뢰할 이유가 없다.

그리고 『붉은 맹세』가 대량 납입을 한다는 사실은 헌터 길드 관계자……물론 일반 헌터까지 포함해서…… 이외에는 아직 소문이 퍼지지 않았고 또 비밀 엄수 의무가 있기에 그들이 적극적으로 이야기를 퍼트릴 일은 없었다.

"아, 인사가 늦었네요, 저는 자유 상인(프리 트레이더) 알리라고 해요.”

“아……. 그런데 저희에게 무슨 의뢰를?”

자유 상인이란 상점을 차리지 않고, 그렇다고 해서 봇짐을 지거나 마차를 타고 행상을 하는 것도 아닌, 무점포 영업이라고 할까 뭐랄까…….

뭐, 중개든 뭐든 해서 이윤을 남기는, 가진 자금이 별로 없는 신출내기 영세 상인을 말한다.

하지만 아무리 신출내기 영세라도 상인으로부터 지명 의뢰가 들어온다는 것은 일반 신입 헌터에게 있어서 실력과 신용을 인정받았다는 이야기로 명예로운 일이었다.

……**일반적인 신입 헌터**한테는 말이다…….

아무리 신뢰도 낮은 신출내기 상인이라지만, 헌터 길드를 낀 의뢰라면 의뢰비를 미리 길드에 공탁했을 테니 떼먹힐 염려는 없었다.

“네, 의뢰비는 소금화 8닢. 의뢰 내용은 오크 네 마리 납입입니다.”

““““““……네?””””””

모두 자기 귀를 의심했다.

“……죄송해요, 다시 한번 말씀해주세요…….”

주뼛주뼛 그렇게 부탁한 메비스에게 소녀가 재차 또박또박 말했다.

“오크 네 마리 납입, 의뢰비는 소금화 8닢. ……아, 헌터 길드를 통하지 않는 의뢰주와 수주자의 직접 계약, 『자유 의뢰』로 부탁드립니다!"

""""""""""그게 뭐야아아아아아~~!!!""""""""""

『붉은 맹세』 네 명뿐 아니라 그냥 듣고 있던 다른 헌터와 길드 직원들까지 참지 못하고 소리쳤다.

"너, 너너너, 너 말이야. 오크 네 마리면 그런 의뢰를 받을 필요 없이 바로 길드 매입 창구에 파는 게 몇 배나 돈을 더 받을 수 있거든?! ……너 바보니?"

레나가 꼬집자, 소녀가 태연하게 대답했다.

"그건 아니고요……. ……하지만 어쩌면 당신들은 받을지도 모른다고 생각해서……."

""""""그게 뭔데에에에에에~~!!!""""""

*　*

너무 큰 임팩트에 오히려 흥미를 느낀 『붉은 맹세』 일동은 무슨 사정이 있나 싶어 길드 내 음식 코너에 가서 좀 더 자세한 이야기를 듣기로 했다.

……변태도 보통 변태가 아니다.

하지만 『붉은 맹세』는 돈에 궁하지 않아서 이상한 의뢰에 호기심이 일었다.

돈에 자유롭지 못한 다른 헌터라면 일축했을 안건이다.

한편 이상한 안건이기에 그런 쪽으로 담당인 마일이 진행을 주도했다.

"……그런데 왜 그런 무모한 조건으로 의뢰를?"

무슨 사정이 있으리라고 생각한 마일의 질문에 『붉은 맹세』뿐 아니라 다른 헌터와 길드 직원들도 흥미진진해하며 귀를 기울였다.

그리고…….

"아니, 그렇게 하면 돈을 벌잖아요?"

""""""""""그게 뭐야아아아아아~~!!!""""""""""

아까부터 길드 안에서 똑같은 비명이 몇 번이나 반복되고 있었는데, 아무래도 그건 어쩔 수 없겠지.

지금 이 상황을 견딜 수 있는 헌터와 길드 직원은, 없다…….

"이, 이 여자가……."

"완전 대놓고 말하네요……."

"조금은 그럴싸하게 꾸미란 말이야……."

"으아아……."

"그것도 모자라 길드를 통하지 않은 자유계약~? 그럼 길드에 미리 의뢰비를 넣지 않았으니 떼먹힐 위험이 있잖아! 게다가 길드를 끼지 않았으니 문제가 발생해도 길드의 지원을 받을 수 없고 다쳐도 위로금 보상금조차 안 나와! 공적 포인트도 안 들어오고! 누가 받아, 그딴 말도 안 되는 의뢰를!!"

누가 봐도 함정 같은 내용에 소리를 지르는 레나.

다른 헌터와 길드 직원도 맞장구를 쳤다.

길드 역시 그렇게 되면 수수료가 들어오지 않아서 수입이 없다.

다른 데서 한 말이라면 모를까, 길드 접수창구 바로 앞에서 헌터에게 그런 말을 꺼내다니 제정신이 아니다.

『붉은 맹세』가 아무리 상식에서 벗어나 있는 파티라지만, 아무리 그래도 이번 일에 있어 상식인은 레나 일행 쪽이었다.

"상인은 성실해야 한다고요!"

"성실한 것과 바보같이 솔직한 건 다른 문제예요! 좀 더 밀고당기기라든지 형식적인 태도 같은 것을……."

"마일, 나쁜 일에 쓸데없이 조언해 주지 마……."

마일에게 일침을 날리는 메비스.

자기 일은 제쳐두고 『성실』 같은 웃기지도 않는 단어를 입에 담은 폴린에 대해서는 그냥 무시했다.

"……여하튼 가족이 인질로 잡혀있다거나 오늘 안에 금화 10닢을 안 내면 여동생이 팔려 간다거나, 뭔가 그런 사정은……."

"아뇨, 딱히 없는데요?"

마일이 한 가닥 희망을 품고 던진 질문도 침몰당했다.

""""""……."""""""

""""""…………."""""""

""""""………………."""""""

"어쩔 거야, 이거! 굳이 음식 코너까지 데려와서 이야기를 들어보려고 하다니……. 어차피 우리가 말했으니까 당연히 음식값을 전부 우리가 낼 거라고 생각했겠지. 이 많은 주문, 그것도 비싼 것만 골라서 시킨 이 상황을 볼 때 확실히. 아니, 그건 딱히 상관

없어. 어차피 낼 생각이었으니까. ……하지만 지금부터 부탁하려는 상대한테 얻어먹는 걸 당연하게 여기면서 비싼 것만 집중적으로 시켜대는 건 분명 성격에 문제가 있는 거야! 그런 애랑 길드를 통하지 않은 자유 의뢰 따위, 계약할 리가 있나!"

그렇게 말하며 테이블을 쾅 내리치는 레나.

"……마일, 네가 책임지고 거절해!"

거절해, 쾅.

완전히 열받은 레나.

"네에에?! 무슨! 지금은 상인에 대해 잘 아는 레나 씨랑 폴린 씨가 나설 차례 같은데……."

"몰라!"

"나도 몰라!"

"으아아……."

마일의 말을 거절하는 레나와 폴린.

……당연하다.

이런 문제에 얽히고 싶은 상인이 어디 있겠는가.

아니, 상인이 아니라도, 없겠지.

물론 거절은 처음부터 정해져 있던 일이었다. 그저, 누가 말이 안 통할 듯한 이 소녀에게 그걸 잘 설명하고 이해시키는 고행을 떠맡을지, 그 역할을 서로에게 미루고 있을 뿐이었다.

그냥 『사양할게!』 하고 말하고 끝내면 문제없을 텐데, 세 사람은 절대 그걸로 끝나지 않을 듯한 예감이…… 아니, 확신이 들었기에…….

그리고 자신과는 상관없는 일이라고 생각하는지 씁쓸하게 웃는 메비스.

"그럼 파티 리더인 메비스 씨가……."

"무리야!"

마일의 매달리는 듯한 말을 속공으로 쳐내는 메비스.

과연 아무리 착한 사람도 이건 받아줄 수 없는 듯했다.

……아니, 착한 사람이기에 더 『의뢰와 부탁을 거절한다』라는 역할을 맡는 것이 힘들겠지.

그런 언쟁을, 사양할 상대 바로 앞에서 펼치는 레나 일행.

이미 모두의 의사는 잘 전달되었을 것이다.

……보통은 말이다…….

* *

"……그래서 넌 상인을 목표로 하고 있다고?"

"아뇨, 이미 상인이죠. 자유 상인이라고는 하지만, 분명히 상업 길드의 일원이니까!"

""""""…………."""""""

바로 거절하면 될 것을 무슨 일인지 그 이후부터, 상식을 벗어난 『자칭 상인』 소녀에게 이런저런 이야기를 더 듣는 『붉은 맹세』.

무서운 것일수록 더 보고 싶은 법이랄까, 자신들은 이해할 수 없는 인종에 흥미를 느끼고 인간이란 것에 대해 공부하려고 하는 걸까…….

그리고 상인 소녀에게서 이런 질문이 날아왔다.

"여러분, 오크랑 오거는 하루에 세 마리밖에 길드에 납입을 못 하는 거죠? 길드 쪽에서 자기들 사정대로 가격 조정을 위한 제한을 걸어서……."

"네? 아, 네, 그런데요……."

딱히 숨기는 건 아니지만 굳이 말하고 다니진 않아서 그 사실은 길드 직원 이외에는 잘 모를 터였다.

그리고 길드로서는 자기들 사정 때문에 헌터에게 제한을 강요했다고 하면 체면이 깎이므로, 굳이 그 사실을 드러낼 것 같지 않았다. 아마 직원들 입단속을 하고 있을 것이다.

"그걸 어떻게 아는 거야!"

그래서 마일은 아무 생각 없이 인정하고 말았지만, 레나가 그걸 듣고 따졌다.

하지만…….

"상인이 소중한 정보원을 술술 불 것 같아요?"

"윽……."

아무리 신출내기이자 상식에서 벗어났다지만, 과연 상인으로서 중요한 부분은 놓치지 않았다.

그런 말을 들으니 아버지와 둘이서 행상 여행을 다니면서 자신도 어엿한 상인이라고 생각했던 레나로서는 따질 말이 없었다.

그리고…….

"모처럼 규격 밖의 수납마법으로 돈을 쓸어 담을 수 있는데 그래서는 가진 보물을 그냥 썩히는 꼴이죠!. 그럴 바에는 차라리 헌터 길드의 납입 제한에 걸리지 않고 그곳과 완전히 무관한 저에게 바로 대량의 소재를 넘기신다면……."

""""""그러네!""""""

""""""""""야!""""""""""

""""""""""그만둬어어어어어!""""""""""

납득해서 소리치는 『붉은 맹세』.

아마 길드 입장에서 비밀로 하고 싶었을 이야기를 쩌렁쩌렁한 목소리로 떠드는 폭거에, 그 자리에 있던 헌터들이 어이없어했다.

게다가 퍼트리고 싶지 않은 이야기를 술술 떠든 것도 모자라 모처럼 해둔 가격 조정을 모두 수포가 되게 할 못된 계획을 길드 안에서 당당하게 짜자, 비명을 내지르는 직원들.

"……너희, 나 좀 보자!"

그리고 어느샌가 뒤에 서 있던 길드 마스터가 다섯 명을 몽땅 끌고 갔다…….

* *

"까불지 마라, 이놈들아!"

불같이 화를 내는 길드 마스터.

"아니, 그게 저희는 딱히……. 그냥 이 상인 아이가 지명 의뢰를 해서 그 내용에 대해 이것저것 듣고 있었을 뿐인데……."

메비스가 그렇게 말하며 『자신들은 잘못이 없다』라고 필사적으로 해명했지만…….

“시끄러워! 그렇게 큰 목소리로 나불대다니! 길드 마음대로 소속 헌터에게 일에 제한을 건다는 게 얼마나 창피한 일이냐! 생각을 좀 하란 말이야, 그 부분을! 상식적으로 생각하면 잘 알 텐데!”

유감스럽게도 그런 부분의 상식에는 둔한 『붉은 맹세』였다.

그리고 그건 헌터가 길드 측에 혼날 일이 아니다.

길드가 『창피』하게 생각한다는 건 다시 말해서 길드의 역부족, 길드의 수치이기 때문이니까.

그래서 폴린이 그 부분을 꼬집자…….

“알아! 그딴 건 우리도 잘 안다고! 그래서 수치와 자기혐오 때문에 이렇게 화라도 내지 않으면 해먹을 수가 없다고!”

그렇게 말하는 길드 마스터였는데…….

“어른이 참 한심하네요…….”

“이런 추태가…….”

“자기 기분 풀자고 죄도 없는 소녀를 혼내다니…….”

“그게 더 창피하겠다…….”

흠씬 두들겨 맞았다.

“죄송해요, 저희 길드 마스터가 바보라…….”

뇌가 근육으로 된 길드 마스터를 보좌하기 위해 붙어 있던 접수원한테 대신 사과받는 『붉은 맹세』와 상인 소녀.

“……그럼, 정말로 참아주시는 거죠?”

“네?”

“정·말·로· 참·아·주·시·는· 거·죠·?!”

접수원은 미소를 짓고 있었지만, 눈이 하나도 웃고 있지 않았다.

“““““아, 네, 네네네!”””””

레나 일행이 잔뜩 굳은 얼굴로 즉답한 반면, 상인 소녀는 대답하지 않았다.

뭐, 이번에 상인의 인생을 걸었다면 고작 접수원이 좀 노려보고 무섭게 군다고 해서 돈이 되는 이야기를 쉽게 포기하진 않겠지.

……아니, 인생을 걸지 않아도 상인이 남에게 간섭 좀 받는다고 돈벌이를 포기할 리가 없다.

그것도, 다른 상인들은 『일시적으로 마물 소재가 과잉 공급되었다가 바로 원래대로 돌아온 것』을 별로 깊이 생각하지 않고 그냥 등급 높은 헌터 파티가 며칠 동안 도시에 머물렀다 갔나 보지 하고 가볍게 넘겼는데, 자기만 유일하게 진실에 다다른 일생일대의 대역전극이 아닌가.

그걸 쉽게 손에서 놓고 포기할 리 없었다.

그래서…….

“그럼 장소를 옮겨서, 헌터 길드와 상관없는 상업 길드 가맹자인 저와 일 이야기를…….”

““안 그만두냐아악!””

접수원과 길드 마스터가 미간에 핏대를 세우며 성을 냈다.

그 모습을 본 『붉은 맹세』는 접수원도 딱히 길드 마스터에게 뭐라고 말할 입장이 아니지 않나 하고 생각했다.

그리고 이대로라면 길드 측과 소녀의 주장이 영원히 평행선을 달려서 이야기에 진전에 없겠다고 여긴 『붉은 맹세』는 길드에서 제한을 건 이유를 잘 이해하고 있기에 길드가 곤란해질 일은 하지 않겠다고 약속한 후 소녀를 데리고 헌터 길드를 빠져나갔다…….

*　　*

"……그런데 왜 우리가 이 애랑 같이 움직이는 거야?"

""""…………. """"

그렇다.

왜 그런지 신출내기 상인 소녀 알리가 아직도 『붉은 맹세』와 같이 있었던 것이다.

게다가 『얼른 거절하면 되겠지』라는, 지극히 상식적인 생각을 하는 사람이 왠지 메비스 한 사람뿐이었다.

레나와 폴린은 『이렇게 상식 없는 위험물을 그냥 풀어두는 건 같은 상인으로서 간과할 수 없어!』라는, 뭔지 모를 사명감 때문에.

……그리고 마일은 그냥 단순히 『왠지 흥미로운 아이네』 하는 생각 때문이었다.

어쩌면 소통 장애가 있어 친구를 사귀지 못한 전생의 자신(미사토)이 조금 겹쳐 보였는지도 모른다.

아니, 하고 싶은 말도 잘 못하던 미사토와 달리 엄청난 말을 잘도 늘어놓는 알리는 겹치는 구석이 하나도 없는 것 같은데…….

다만, 『친구가 없어 보인다』라는 점은 판박이 같은 느낌이 든다.

그렇게 숙소까지 따라온 알리였는데…….

"마물 소재를 대량으로 팔아넘기는 게 헌터 길드 경유가 아니고선 힘들다면 돈을 벌 다른 방법이 있어요!"

"어떤 방법인데요?"

돈을 벌 수 있다는 이야기를 듣고 흥미진진하다는 듯 덥석 무는 폴린.

"운송업이에요. 무거운 것, 부피가 큰 것 그리고 깨지기 쉬운 것. 마차 없이 대량 수송. 이거면……."

"아~."

"아~."

"아~……."

"엥?"

반응이 안 좋은 『붉은 맹세』 멤버들을 보고 당황한 알리.

"저기~, 저희는 『C등급 헌터』여서……."

"운송업은 전문업자 아니면 돈벌이가 시원찮은 D등급 이하 헌터가 먹고살기 위해 어쩔 수 없이 하는 잡일로 본단 말이야!"

"C등급인 우리가 그런 일을 하는 건 헌터로서 창피한 짓이야. 전문업자나 신인 헌터가 할 일을 윗사람이 빼앗는 셈이니까……."

"아무리 대용량 수납마법이 있어서 규모가 차원이 다르다지만, 그 사실은 다르지 않아……."

"엥……."

헌터에 대해 잘 알 리 없는 신출내기 상인이라면 그런 부분을 몰라도 어쩔 수 없으리라.

그러자…….

"그럼 금은방 앞을 지나가면서 상품을 수납하면……."

"그건 범죄지!"

"절도잖아!"

"그런 짓, 가능하겠냐고요!"

"……그렇구나, 그런 방법이 있었군요!"

""폴린!""

"폴린 씨……."

싸늘한 눈으로 폴린을 바라보는 세 사람.

"노, 농담이에요, 농담!"

허둥지둥 그렇게 말하는 폴린이었는데, 다른 사람이 말했으면 모를까 폴린이면 웃어넘길 수 없다.

"아니, 다들 저를 뭐로 보시는 거예요!"

안절부절못하는 폴린이었는데…….

"수전노."

"돈의 망령."

"돈을 위해서라면 뭐든지 하는 사람."

""""알리의 동족.""""

"뭐예요, 그게에에에에에!"

폴린, 파티 동료들에게 제대로 인식되고 있었다.

폴린의 기분이 살짝 상해서, 장난이 좀 심했나 싶었던 마일이 알리 쪽으로 다시 이야기를 돌렸다.

"그런데 알리 씨는 왜 상인이 되신 건가요? 별로 안 맞는 것 같은데……."

마일, 예의라고는 밥 말아 먹은 녀석이다.

보통은 이제 막 알게 된 상대에게 대놓고 그렇게 말하는 사람은 없다.

전생의 여동생이 들었다면『바로 그런 점이 문제야, 언니……』하고 말했을 것이다.

"아버지가 상인……."

"아, 역시 아버지의 대를 잇기 위해서……."

"들은 힘쓰는 일 하면서 땀 뻘뻘 흘리지 않아도 편하게 돈을 벌 수 있어서 좋겠다, 하고 말씀하셔서……."

"——가 아닌가요!"

""상인을 만만하게 보지 말라고!!""

어이없어하는 마일과 발끈하는 레나, 폴린.

……이야기에 영 진전이 없었다.

게다가 왠지 알리의 목소리가 점점 낮아지고 억양이 없어졌다.

얼굴도 무표정이 되어 조금 전까지 보여주었던 활력이 온데간데없었다.

말도 느리고 말수가 줄어들고…….

"왜 갑자기 기운 빠져서 그렇게 극단적으로 무표정에 말이 없어진 건가요!"

"이게 평소 모습……. 일할 때는 억지로 그렇게 연기를……. 이제 시간이 다 돼서 슬슬 한계가……."

"""그게 뭐야아악!"""

역시 마일이 말한 대로 상인과는 맞지 않는 것 같다…….

*　*

"……그러니까 알리 씨는 왕도에 사신다는……. 그런데 왜 지방 도시까지 오셨어요? 상인은 보통 반대로 왕도로 가고 싶어 하는데……."

마일의 말에 고개를 끄덕이는 레나와 폴린.

그에 대한 알리의 대답은…….

"지방 도시에서 태어나고 자란 재치 있는 상인은 바로 왕도로 가니까 남은 건 능력 없는 상인들뿐……. 그러니 쉽게 올라올 수 있을 것 같아서요……."

""""…………."""""

아니, 무슨 말인지는 잘 안다.

그리고 왠지 이해가 안 가는 바도 아니다.

하지만…….

"""""그게 뭐야아아~~~악!"""""

……그렇다. 역시 이해는 가지만 납득은 할 수 없는 사고방식이었다…….

"지방 도시의 상인이 다들 바보인 건 아니야!"

"그런 논리면 당신도 왕도에서 일할 능력이 없는 바보인 게 되잖아요!"

"……그리고 하나도 안 올라왔는데요……."

"으아아……."

힘겹다.

……싸움과는 다른 의미로.
왠지 피곤해진『붉은 맹세』일동이었다…….

* *

그리고 다음 날 아침.
"오늘 하루도 힘내보자!"
""""""하앗!!""""""

"……."
"""………."""
"""""…………….."""""
"""""""……………………."""""""
"""""""""…………………………."""""""""
"왜 한 명이 더 많은 건데?!"
그렇다.
레나의 호령에 대한 대답이, 넷.
한 명이 많았다…….
'우주 대학의 입학 시험인가?'*
그리고 마일은 늘 그렇듯 영문 모를 생각에 빠져 있었다.
"……지금은 정원 외 침입자를 색출해서……."
"남은 건 알리잖아, 당연히!"

---

*1970년대에 연재된 일본 SF 만화『11인이 있다!』속 이야기.

레나가 차갑게 딱 잘라서 말하자 모처럼 추리 놀이를 할 수 있어 기뻐하던 마일이 실망을 감추지 못했다.

"이제 헌터 일을 하러 갈 건데 왜 상인인 네가 따라오냐고! 아니, 설령 네가 헌터라 해도 따라올 이유 없는데!"

"맞습니다! 그리고 곰곰이 생각해보니까 상인에 수전노. 캐릭터가 저랑 완전히 겹치잖아요! 제 포지션을 위협하려는 건가요!"

레나에 이어 폴린의 언짢은 목소리가…….

"'아, 캐릭터 겹치는 걸 몰랐네……. 그리고 수전노라고 자각하긴 했구나…….'"

게다가 『자칭 상인』으로 레나도 있다.

다섯 명 중에 세 명이 상인이어서는 개성이 묻히고 만다.

개성이 강한 레나야 그런 것을 조금도 신경 쓰지 않는 눈치지만, 자신이 평범하고 별로 눈에 띄지 않는다고 생각하는 폴린에게 그것은 큰 문제 같았다.

멤버들은 『수전노』, 『거유』 그리고 『시커먼 속내』로 폴린도 충분히 개성이 강하다고 생각하지만…….

"뭐, 딱히 따라와도 문제는 없지만요. 저희야……. 수납마법에 대해서는 이미 헌터 길드 안에서 공표를 마쳤고, 저희가 낮은 등급이었던 건 지금까지 헌터 등록을 안 했기 때문일 뿐, 매번 오크와 오거를 잡아가 C등급 상위에서 B등급에 버금가는 실력이라는 사실도 모두가 잘 알고 계시고……. 그리고 지금은 C등급이 되었고요. 그래서 문제가 있다고 한다면 그건 알리 씨가 **저희가 갈 사냥터의 위험도를 버틸 수 있을지**라는 점인데요……."

마일은 『문제없다』고는 말했지만, 폴린이 쓰는 핫마법의 정체……매운 성분인 캡사이신이 추출되는 건 곤란하다. 돈이 되고, 출처를 알아낼 수 있고, 돈의 망령들이 꼬이는 3연속 콤보가 틀림없으니까.

하지만 마일은 거기까지는 알아차리지 못한 눈치였다.

"헉……."

그리고 마일의 설명에 안색이 나빠진 알리.

농민의 딸로 상인을 꿈꾼 듯한 알리는 당연히 마물과 싸운 경험이라고는 없다. 그래서 고블린과 코볼트가 상대여도 붙자마자 죽으리라는 건 거의 확실했다.

그리고 C등급이 된 『붉은 맹세』가 갈 사냥터는 슬라임과 코볼트, 고블린 등 신입 헌터용 마물만 나오는 그런 곳이 아니었다.

헌터가 아닌 일반 소녀는 절대 안전하게 다닐 수 없는 장소였다.

"앗, 생각해보니까 상인은 사냥감과 소재를 사들이고 파는 게 일이었죠! 다른 업종 사람들의 일에 참견하는 건 좋지 않아요!"

아무래도 지금은 상인답게 행동하기 위한 『하이텐션 모드』인지, 빠르게 그런 말을 늘어놓는 알리.

"그럼 저는 여기서 여러분이 돌아오시기를 기다릴게요!"

* *

"……이제 어떻게 하지……."

사냥터가 있는 숲으로 향하면서 난감하다는 듯 입을 여는 레나.

"그러니까……."

똑같이, 난감한 표정으로 대답하는 메비스.

"다른 헌터와 헌터 길드에게 민폐 끼치지 않으려면 길드 마스터와의 약속을 깰 수 없고, 약속 내용의 허점을 뚫고 상업 길드나 상점에 직접 팔기도 힘들어. 그리고 만약 그렇게 한다고 해도 우리가 팔면 되는 거지 굳이 그 아이를 중간에 끼워서 이익 일부를 떼먹게 할 이유가 없잖아?"

"물론이에요! 우리 『붉은 맹세』에는 판매 담당인 제가 있으니까!"

폴린, 그 부분은 절대 양보할 수 없어 보였다.

"애당초 마일 짱의 수납을 노리고 꼬였을 뿐인 영세 상인이라고요. 그런 애한테 우리에게 아무 이익도 없는데 동정심 때문에 돈을 벌게 해준다면 어떻게 되겠어요?"

"온 도시의 영세 상인, 신출내기 상인이 다 꼬이는……."

"아니."

마일의 대답을 부정하는 폴린.

"온 도시의 모든 상인과 상인 이외에도 존재하는 돈의 망령들이 밀어닥칠 거예요. 당연하죠, 조금만 집요하게 달라붙으면 목돈을 만질 수 있는 소재를 쉽게 토해내는 요술 방망이니까요. 그러니 성가신 일에 휘말리고 싶지 않다면 우리는 헌터 길드 이외에는 납품해서는 안 돼요, 길드 마스터와 약속했든 안 했든……. 상업 길드와의 직거래도 그만두는 게 좋겠어요. 헌터 길드와의 업무 분담 약정이 있을 테고, 유력 상인이 가하는 압력은 거스르기 힘들 테니까. 헌터 길드처럼은 안 될 테니까요, 상업 길드는……."

"호오~……."

폴린의 설명에 눈이 동그래지면서도 받아들인 눈치인 마일.

"그럼 알리 씨는 완전히 무시, 일절 상대해주지 않는 걸로 가자는 건가요? 그것도 좀 가여운 생각이……. 다른 상인이 눈치채지 못했던 걸 유일하게 혼자 알아차리고, 자기 인생을 걸고 달라붙었잖아요? 그 재능에 경의를 표해서, 『조지루시(象印)상』*까지는 아니라도 적어도 노력상이나 열연상 정도는……."

"또 알아들을 수 없는 소리를……."

레나가 어이없어했지만, 이번에는『조지루시상』이라는 뭔지 모를 단어 이외에는 이해할 수 있었던 만큼 평소보다는 그래도 좀 나았다.

"아직 다른 상인들은 눈치채지 못한 것 같으니까 딱 한 번만 어떤 식으로든 돈을 조금 벌게 해주고 거기서 인연을 정리하는 건 어떨까요?"

마일이 그렇게 제안했는데…….

"그건 너무 안일한 생각이야. 우린 그럴 생각이어도 상인은 한 번 움켜쥔 돈줄을 그리 쉽게 포기하고 놔주지 않아. 계속 달라붙을 거라고, 틀림없이!"

말한 사람이 폴린인 만큼 설득력이 지나치게 있었다.

"난감하네……."

"난감해……."

---

*1979~1994년까지 방영되었던 일본 인기 퀴즈 프로그램『조지루시 퀴즈 힌트로 핀트』에서 60점 이상 점수를 따면 주는 상. 그날 퀴즈와 관련된 상품을 준다. 그 밖에도 '노력상', '아이디어상', '열연상' 등이 있었다.

"""난감하네요……."""

일반 헌터라면 자기들의 비밀을 냄새 맡고 달라붙고 요구해오는 자는 은밀히 처리하는 게 당연하겠지만, 물론 마일 일행은 그럴 생각이 없었다.

그래서…….

"역시 축의금 삼아 딱 한 번만 뭔가 돈이 되는 걸 주고 『이게 처음이자 마지막이야. 그게 싫으면 아무것도 안 넘기고 이걸로 우리 인연은 끝』인 걸로 하면 어때요? 앞으로 다른 사람의 의뢰도 일절 받지 않는 걸로 하고……."

그렇게 제안한 마일. 그리고…….

"으~음, 어쩔 수 없네……. 사실은 그렇게 해줄 필요도 없지만, 넌 열심히 노력하는 사람에게는 포상을 주자는 주의니까 말이지……. 뭐, 난 좋아. 만약 앞으로 귀찮은 일이 일어나면 이 도시를 떠나 왕도로 가면 그만이기도 하고."

"나도 이의 없어."

"여러분이 그렇게 말씀하신다면 저도 특별히 상관은 없어요."

레나, 메비스 그리고 폴린도 마일의 제안을 받아들였다.

"그럼 마일의 수납에 들어 있는 희귀한 높은 등급 마물을 한 마리만 팔면 어때? 그럼 다른 마물의 시세에 영향을 주지 않을 거고, 꽤 큰 이익을 얻어서 작은 가게 하나 정도는 차릴 수 있지 않을까? 그럼 만족하고 가게 경영에 전념하지 않을지……."

"안 돼."

메비스의 제안을 레나가 일축했다.

"그러면 비싸게 팔 수 있는 마물을 더 내놓으라면서 계속 달라붙을 게 뻔하잖아. 그것도 모자라 그 사실을 안 다른 상인들도 떼로 몰려올 거라고. 딱 한 번이고 두 번은 없다는 걸 알 수 있는 상황이 아니면 안 돼……. 그리고 그런 높은 등급을 마물을 잡았다는 걸 알면 언제 어디서 잡았는지 알아본다고 국가에서 조사대가 파견 나와 일이 커지게 돼. 마물이 한 마리만 갑자기 하늘에서 뚝 떨어지는 게 아니니까 그 부근에 적어도 수십 마리가 무리 지어 서식할 거란 생각에 말이야. 그럼 당연히 우리가 잡았다는 것 그리고 헌터 길드 가입자라는 사실 이외에 뒷배 없이 떠돌아다니는 소녀 넷이서 사냥했다는 사실이 공공연히 드러나게 되고, 그렇게 되면……."

""""아~…….""""

그다음은 말하지 않아도 알 수 있다.

"애당초 있지도 않은 높은 등급 마물의 위험에 대처하기 위해 영군과 국군으로 조사단을 꾸리게 하거나 인근 주민들을 불안에 떨게 하거나 그 주위에서 헌터의 활동을 규제하는 등 많은 사람에게 민폐를 끼치게 될 거예요. 만약 나중에 그게 거짓말인 걸 알게 되면 막대한 배상금과 벌로 국가 또는 영주에게 붙잡혀 혹사당하게 될 거라고요."

"정말……. 국가 입장에서는 그런 편리한 사인조, 광산 노예로 삼기보다도 거부권 없는 전투 노예로 삼는 게 훨씬 도움이 되니까 말이죠……."

폴린의 말에 그렇게 동조하는 마일.

""""안 되나……."""""

그리고 잠시 조용히 고민에 빠진 네 사람.

"……그렇지! 바다 마물(시 서펜트)은 어때요? 그거면 어디서 잡았는지, 아직 그 부근에 무리가 있는지 같은 문제가 없잖아요. 그리고 소재가 전혀 시장에 나오지 않으니까 시세 붕괴와 전혀 상관없고요. 원하는 만큼 잡든, 시세가 붕괴하든 말든 피해받을 사람이 아무도 없어요. 그리고 더 갖고 싶으면 알아서 잡으러 가세요, 저희는 더 이상 그런 위험한 일은 사양이라서요, 라고 말하면……."

""""아하!!""""

마일의 제안에 납득하는 레나 일행.

과연 작은 배를 타고 먼 바다로 나가 바다 마물을 잡으려 하는 헌터란 없고, 그 소재가 출하되는 경우는 어쩌다 우연히 죽은 바다 마물 사체를 해변에서 건졌을 때 정도뿐이며, 그때는 고기와 가죽 배부분이 썩어 있거나 해양 생물에게 먹히는 등 뼈와 이빨 정도밖에 쓸 수 있는 소재가 없다.

그리고 그조차도 몇 년에 한 번 있을까 말까였다.

희소한 소재. 어디 가면 잡을 수 있을지는 모두가 알고 있다. 그리고 아무도 헌터에게 『거기 가서 좀 더 잡아 오라』라고 말할 수 없는 위험한 사냥터, 위험한 사냥감.

"좋은 생각이야. ……그런데 먼 바다까지 어떻게 나가?"

""""아…….""""

레나의 질문에 굳어버린 세 사람.

물론 그때는 쉽게 잡을 수 있었다.

하지만 그건 이동 수단이었던 케라곤이라는 존재가 있었고, 싸우기 위한 플랫폼으로 배가 있어서 가능했다.

케라곤은 딱히 필요 없다.

하지만 배는 필요하다.

마일이라면 하늘을 날 수 있지만, 나머지 세 사람도 그렇고 전투, 사냥감 회수, 기타 여러 가지를 따지면…….

그리고 그런 위험한 일 때문에 배를 기꺼이 내어줄 어부가 있을 것 같지 않았다.

배는 어부에게 있어 중요한 자산이다.

아마 현대 일본인이 도시의 일등지에 지은 자기 집 정도는 되는 가치관이리라.

자신의 영혼. 대를 이어 어부가 될 아들에게 물려줄 소중한 재산.

그런 배를, 처음 보는 타지 소녀들의 망언에 응해 먼바다까지 몰고 나가 바다 마물을 잡게 한다?

그런 이야기를 받아들일 사람은 바보뿐이다.

*　*

"……좋아, 내어주마!"

"당신 바보야?!"

그리고 무슨 영문인지 그런 무모한 제안을 받아준 어부 아저씨.
나이는 60세 전후.
“인생, 이제 본전 뽑을 만큼 뽑았어! 이대로 늙으면 모두에게 민폐만 끼치면서 살 텐데, 그 전에 내 파트너(배)와 함께 여행이라도 떠나볼까 생각하던 참이야. 아들이 자기 배를 새로 건조하면서, 내가 물려줬던 배를 다시 받았거든. 너덜너덜한 노인과 너덜너덜한 노선, 같이 산산이 부서져도 아깝지 않아! 그런데 네 명이나 되는 미녀들과 함께라니, 귀족님도 못 누릴 사치 아니겠냐. 천국으로 승천할 수 있을 거야, 틀림없이!”
……이 세계에서 60살은 꽤 고령에 속했다.
사람은 맹장염과 폐렴에 걸려도 쉽게 죽었고, 전쟁터에서 죽는 것보다 출산할 때 죽는 사람이 더 많았다. 아기도 산모도.
그리고 영양 상태가 나빠 노화가 빨랐다. 또, 수십 년씩 바닷물과 햇빛에 노출되어 온 피부는 쩍쩍 갈라지고 주름이 많았다.
이 나이까지 살아 아이와 손자까지 남겼다면 더는 여한이 없겠지.
이제 남은 세월, 모두에게 추태 보이지 않고 멋진 마지막을 보여줄 수 있다는 건 바라지도 않은 행복이겠지
“비랄 영감, 그러면 반칙이지!”
“그 일, 나한테 넘겨!”
“넌 배도 없잖아!”
“부탁이야, 나도 타게 해줘!”
주위에서 이야기를 듣고 있던 노인들이 모여들기 시작해 이제

수습할 수 없었다.

이곳은 『붉은 맹세』가 이 대륙에 와서 처음 찾았던 그 어촌이었다.

배를 가진 멍청한 어부가 어디 없나 싶어 왔는데, 그때 잔치를 즐겼던 노인네들이 모여들었다. 그래서 바보가 없는지 물어보았다가 이 사달이 난 것이다.

"죽으러 가는 게 아니거든요! 죽을 거면 자기들끼리만 부탁드릴게요. 젊고 장래 유망한 저희를 길동무 삼는 건 사양이에요!"

"아하하, 하긴 그건 그래!"

""""""""""아하하하하!""""""""""

이렇게 해서 배와 선장은 확보했다.

……확보하고 만 것이다…….

*　*

항구를 출발해 먼바다로 향하는 한 척의 어선.

삼각돛 하나 갖췄을 뿐인 작은 배였지만, 『붉은 맹세』가 싸우기 위한 공간은 충분했다. 사냥한 것은 마일의 수납(아이템 박스)에 넣을 예정이니 문제없다.

노와 돛을 병용해서 추진력을 얻는 배지만, 이번에는 바람마법을 쓸 거기 때문에 돛이 더 유용하게 쓰일 수 있었다.

……아무리 그래도 계속 바람마법을 발동하는 건 무리지만, 입

출항 때나 여차할 때 쓸 수 있는 것만으로도 상당히 짐을 덜었다.
그리고 조종은…….
"굉장해, 아가씨들……."
"우리 손주며느리가 되어 주면 안 되나……."
"""으아아……."""
그렇다. 노인들이 힘들게 노 저어 배를 움직이는 것을 보다 못해 나선 마일과 메비스였는데…….
너무 잘했다.
마일은 둘째치고, 기계 왼팔과 그 출력의 반동을 견딜 수 있게 전신에 손을 댄 메비스. 그리고 『기력』이라는 명목의 신체 강화 마법.
이 두 사람의 힘은 비록 늙었어도 잘 단련된 육체를 자랑하는 노인들을 훨씬 능가해서 모두를 깜짝 놀라게 했다.
"아니, 아무리 조종 능력이 있어도 어부의 아내는 배에 탈 수 없고 집을 지켜야 하니까 아무 의미도 없는데요!"
""""""그것도 그런가……."""""""
레나의 말에 납득하는 노인들이었는데…….
"아니, 증손자가 그 능력을 물려받으면……."
""""그렇구만!""""
"아니 아직 당분간은 결혼 계획이 없거든요!"
『붉은 맹세』 네 멤버, 그리고 배의 주인인 비랄 영감을 포함해 네 명의 은퇴 어부 노인들.
노인들은 『에스코트할 인원수를 똑같이 맞춰야 한다』라고 했지만, 아무래도 바다에서 죽은 어부들이 불려 가는, 용감한 전사들의 낙원(발할라)의 『어부판』이 있는 모양이었다.

그런 곳에는 가고 싶지 않다고 생각하는 『붉은 맹세』 일동이었지만, 쓸데없는 소리는 하지 않고 입을 다물었다.

……애당초 여기서 죽을 생각이 없으니 아무 상관도 없다.

그렇게 배는 먼바다로 향했고…….

"연승, 준~비!"

""""가자꾸나!""""

"……엥? 바다 마물을 연승으로 잡겠다고?"

의문스럽게 생각한 마일이었는데…….

"아니 그게 아니라, 그건 언제 덮쳐올지 모르니까. 모처럼 위험까지 무릅쓰고 먼바다에 나왔는데, 처음 와보는 어장이 어떤지 한번 알아보고 싶은 거야 당연하지 않나! 바다 마물이 날뛰는 먼바다까지 나와서 고기를 잡는 건, 어부에게 있어 일생의 동경, 꿈이란 말이다. 마지막으로 그 꿈을 이룬다고 누가 뭐라고 하진 않겠지!"

"그렇구나……."

그런 『남자의 꿈과 동경』은 이해하는 마일이었다.

메비스 역시 고개를 끄덕였다.

물론 말이 연승이지 지구처럼 모릿줄의 길이가 몇 킬로미터라든지 100km가 넘거나 하지는 않는다. 고작 수십 미터짜리가 하나 있을 뿐이다.

그나저나 현지어로는 다른 명칭으로 부르는 완전히 **다른 도구**였으나, 지구 말 중에 제일 비슷한 단어가 『연승』이었다.

그리고…….

* *

"왔다! ……윽! 아, 안 돼, 어지간히 큰 놈인가, 아니면 중간 크기가 잔뜩 몰려든 건가……. 무거워서 못 끌어당기겠다! 다들 좀 도와줘!"

던진 연승은 하나지만, 그 모릿줄에 다수의 가짓줄이 달려 있기 때문에 한 번에 많은 고기를 낚을 수 있다.

이번에는 잠시 뒀다가 회수하지 않고 내린 후 바로 끌어올렸는데도 고기를 놓치지 않은, 말 그대로 블루오션이었기에 넣기만 하면 잡히는 그런 상태였다.

그래서 예상하지 못한 대물 혹은 대량으로 잡힌 것 같다며 총동원 요청이 나왔다.

노인 넷과 메비스, 마일까지 총 여섯 명이 필사적으로 모릿줄을 잡아당겼다.

동력으로 그물을 감아올리는 편한 기계 따위는 없었다. 고기가 걸려 있지 않은 가짓줄의 갈고리를 조심하면서 열심히…….

마일은 힘은 있지만, 몸무게가 가볍다. 그리고 이곳은 배 위여서 물기 많은 갑판은 미끄러웠고 갑판에 발을 단단히 고정할 수도 없었다.

……요컨대 힘을 제대로 쓰지 못하는 상황이었다.

지금은 왼팔을 활용하는 메비스 쪽이 마일보다 훨씬 전력이 되었다.

레나와 폴린은 처음부터 전력에서 제외되었다. 옆에 없는 게 방해되지 않아 훨씬 나았다.

*　*

그냥 수십 미터 감아올리기만 했을 뿐인데 꽤 많은 시간이 들었다.

그리고 지금, 녹초가 되어 주저앉은 노인들 앞에 굴러다니는 산더미 같은 생선들.

작은 것은 30cm 전후, 큰 것은 2m도 넘었다.

더 큰 것도 있었지만 그건 갑판까지 끌어올리지 못해 마일이 물속에서 수납(아이템 박스)에 직접 넣었다.

독이 있거나 맛없어서 못 먹는 것은 가죽과 이빨이 소재로 팔리는 것만 빼고 도로 놔주었다.

인간에게는 쓸모없는 생선이라도 자연계의 균형 중 일부분을 맡고 있을 가능성도 있으니 의미 없이 죽이지는 않았다.

고블린과는 다르니까…….

"……우와. 저걸 좀 봐……."

"은백색 연어……, 무지갯빛 다랑어, 청새치……."

"이렇게 거대한 무지갯빛 다랑어를 몇십 년 만에 보는 건지……."

"마지막에 이런 생선을 낚다니……."

""""내 어부 인생, 한 조각 후회도 없다!!""""

"저기~ 한창 흥 오르시는 중에 죄송한데, 오늘 목적은 일반 생선을 낚는 게 아니라서……."

그렇다, 배 대여비, 인건비에 위험수당까지 선불로 이미 계산을 마친 것이다.

살아 돌아올 확률이 낮다며 그 돈은 가족에게 건넸다.

가족들은 눈물을 흘리긴 했지만 아무도 노인들을 말리려고 하지 않았다.

남자가 가는 길, 자기 죽을 자리를 찾아낸 노인을 막을 수는 없다.

다들 그렇게 생각했겠지.

여기는 그런 세계였고, 또 어부의 마을이니까…….

"미끼도 그렇고 생선 피가 꽤 흘러갔어요. 이제 슬슬 올 때가 된 것 같아요. 여러분은 구석에 자리 잡고 방어 태세를 갖추세요. 레나 씨, 폴린 씨는 전투 준비를!"

그렇게 말해 노인들의 감회용으로 갑판에 남겨두었던 생선과 연승, 그밖에 방해되는 것들을 전부 수납해서 갑판 위를 깨끗이 치우는 마일.

그리고 선수 교대로 구석 자리를 노인들에게 양보하고 갑판 중앙으로 나오는 레나와 폴린.

작은 어선이라도 갑판 부분은 몸집 작은 소녀 넷이 충분히 싸울 수 있는 공간이 있었다.

특히 적도 갑판 위에서 같이 싸우는 게 아니기 때문에 바닷속에서 나올 적을 때리기만 하면 되고, 검을 휘두르는 건 마일과 메비스 뿐 레나와 폴린은 거의 움직이지 않고 팔다리를 휘두를 필요도 없기 때문에 여유로웠다.

"……와요, 우현 2시 방향으로 30m, 깊이 10m! 가늘고 긴 마물 무리가 고속 접근 중!"

당연히 이번에는 탐색마법을 썼다. 그렇지 않으면 물속에서 기습 공격이 들어오고 마니까.

노인들이 죽는 것도, 배가 침몰하는 것도 허용되지 않는다.

배 밑바닥에 구멍이 뚫리기 전에 적을 잡아야 한다.

평소처럼 구불거리는 놈들이라면 모르겠지만, 청새치처럼 뾰족하게 생겼고 목판을 뚫을 만큼 강도가 있는 놈이라면 쉽지 않다.

그래서 이번에 마일은 노인들 호위 그리고 탐색마법을 써서 배 밑바닥을 향하는 적을 탐지하면 배리어를 치는 역할을 맡았다. 또 여력이 있으면 바다 마물 토벌까지.

배리어는 레나도 칠 수 있지만 마일만큼 잘하지는 못했고, 자신과 주변인을 에워싸는 정도였는데 그거라도 충분했다.

……단, 배리어를 치면 안쪽에서도 공격할 수 없고, 배리어 마법을 홀드해두면 다른 마법을 쓸 수 없어서 공격에 참여하지 못하게 된다.

그래서 적에게 밀려 위태로워지기 전까지 레나는 배리어를 칠 계획이 없었다.

"이 대륙에 왔을 때 마주친 놈들 같으면 문제없겠지만요……."

마일이 그렇게 말했는데, 바다 마물은 전신을 다 드러내는 경우가 별로 없고, 몇 안 되는 생존자의 증언도 불확실했기 때문에 제대로 분류가 되어 있지 않았다. 그래서 『바다에 사는, 가늘고 길며 거대한 마물과 괴물』은 대부분 『바다 마물』이라고 불렀기에 직접 보지 않으면 상대가 어떤지 알 수 없었다.

그때 봤던 별로 크지 않았던 바다뱀 비슷한 것이면 좋겠지만, 지구에 있는 동양의 용이라든지 요르문간드* 같은 놈이면 아무래도 『붉은 맹세』도 힘에 부친다.

옛날에는 문명이 발달한 세계였으니까 그렇게까지 상식에서 벗어난, 신화의 세계에 나올 법한 괴물은 없겠지 하고 생각한 마일이었지만…….

'……하지만 **고룡**도 있으니까……. 그리고 바다에 사는 마물도 옛날 이차원 세계에서 침략할 때 왔을 테니, 그때 거대한 놈도 들어와 그중 살아남은 개체와 자손이 아직 있어도 이상하지는 않은가. 그래, 바다에서 오래 사는 마물이라든지, 변화가 적은 바닷속에서 몰래 번식을 이어온 거대 생물 같은…….'

그런 생각을 하면서도 마일은 자기가 할 일을 잘 해내고 있었다.

"적, 급속 부상! 배 밑바닥을 피해, 양현에서 뛰어들 것으로 예상됨! 요격 준비! 5, 4, 3, 2, 1, 지금!"

푸슈욱 하는 물소리와 함께 좌우 양현에서 하늘로 솟아오르는 여러 개의 가늘고 긴 몸.

---

*북유럽신화 속 괴물 뱀.

그리고 끝부분이 휙 휘더니 배 위에 있는 사람들(먹잇감)을 덮쳤다.

휘익!

슈~웅!

퍼엉!

검과 워터 커터로 한 마리씩.

그리고 폭렬 염탄으로 또 한 마리.

사방이 바다라 불탈 위험이 없다고 보고 자신의 장기인 불마법을 쓴 레나.

분명 배를 불태우는 실수는 절대 하지 않는다는 자신이 있었겠지.

언뜻 봤을 때 바다 마물은 저번 것과 다른 개체로 조금 통통하고 머리가 흉악하게 생겼다.

눈매와 뾰족한 치열이 그런 느낌을 자아내는 걸까…….

휘익!

슈~웅!

퍼엉!

휘익!

슈~웅!

퍼엉!

휘익!
슈~웅!
퍼엉!

수도 없이 반복되는 삼인 일조 공격.
거기에 가끔 마일의 검 소리까지 더해졌다.
……노인들 쪽에 바다 마물이 접근하려 했을 때겠지.
마일은 배리어로 배 밑바닥을 지키는 역할도 했기 때문에, 겉으로 보기에는 느긋하게 있는 것 같아도 머릿속으로는 계속 탐색 마법을 쓰고 있어서 꽤 바빴다.
……하나둘 갑판 위에 쌓이는, 그리고 주변 바다에 둥둥 뜬 바다 마물들.
걸리적거리거나 가라앉고 말 것 같은 것들은 마일이 전부 수납에 회수했다.

갑판 위에는 아직 회수 전인, 죽지 않은 수많은 바다 마물이 꿈틀꿈틀 몸부림치고 있었다.
그리고 어느새 노인들이 작살을 손에 쥐고 그들과 싸우려고 뛰어들었다.
"위험해요! 물러서……."
"형님의 원수! 에잇! 에잇!"

"아버지의 원수, 죽어라아아아앗!"

"내 아들을 돌려내애애~!"

"이건 요한이 남긴 작살이다! 녀석의 억울함을 내가 대신 풀어주마!"

""""""…………."""""""

'노인들이 이런 위험한 고기잡이에 적극적으로 나섰던 이유가 이건가……. 그리고 많은 노인이 그렇게 관심을 보였는데 생각보다 쉽게 이 멤버로 정해진 것도…….'

수십 년씩 어부 일을 하다 보면 마물이 가까운 바다까지 쳐들어온 적도 있었을 테고, 자기도 모르게 욕심이 생겨서 조금 먼바다까지 나갈 때도 있었겠지.

그러다가 소중한 가족이나 친구를 잃기도…….

이 바다 마물이 꼭 그때의 개체가 아니라도 바다 마물은 모두 바다 마물인 것이다.

언젠가 복수할 날이 오리라 믿으면서…….

딱히 죽고 싶어서가 아니라.

단지 바다 마물 몇 마리쯤 같이 찌를 수만 있다면 얼마 남지 않은 자기 목숨을 아낄 생각이 없었을 뿐이리라.

"저 어르신들은 계속 기다리셨던 거야……. 마지막으로 자신의 목숨과 맞바꿔 바다 마물에게 복수할 날이 오기만을……."

"""""…………."""""

메비스의 독백에 아무도 대답하지 않았다.

그저 공격마법 영창과 검으로 베는 소리만이 계속되었다.

그리고 노인들의 위험한 행동을 말리려는 사람은 한 명도 없었다.

*　*

"끝났어요……."

마일의 말에 겨우 동작을 멈춘 배 위의 사람들.

갑판도 모두의 옷도 해양 마물의 피와 점액 때문에 새빨갛게 물들어 있었고 미끌미끌 끈적끈적했다.

"청정마법(클린)!"

마일이 마법으로 모두를 깨끗하게 만든 후 잡은 것을 전부 수납. 그리고 갑판 위도 마법으로 청소했다.

그 후 다친 노인들을 마법으로 치유해주었다.

청소보다 그쪽이 먼저여야 하지 않나 하는 생각이 안 든 것은 아니었지만, 위생 면을 중시했을 가능성도 있었기에 레나 일행이 딱히 그 부분을 꼬집지는 않았다.

그리고 노인들은 청정마법을 걸어주었는데도 꼼짝하지 않고 그 자리에 서 있었다.

다만 고개를 숙여 눈물을 뚝뚝 흘리고 오열하면서…….

"……좀 더, 할까요? 해양 마물 사냥……. 그리고 그 후에 연승이랑 낚시로 마을에 선물할 무지갯빛 다랑어를 대량으로 낚아도 되고……."

마일의 말에 처음에는 아무도 반응하지 않았다.

……하지만 노인들은 서서히 고개를 들었고, 얼굴이 일그러졌다.

슬픈 표정이 아니라 미소로…….

"오옷!"

""""그럼 잡아야지!!!""""

* *

작은 어촌의, 『항구』라 부르기도 창피할 만큼 볼품없는 선착장으로 향하는 작은 어선.

마법에 의한 바람을 받아 부푼 삼각 돛대 위에 걸린 두 개의 기류(旗旒).

하나는 풍어를 알리는 기. ……화려하지는 않지만 뭐, 흔히 말하는 『풍어기(豐漁旗)』였다.

그리고 또 다른 하나는 원적을 물리쳤음을 알리는 개선기(凱旋旗)였다.

이 마을의 배에 마지막으로 그 깃발이 걸린 뒤로 벌써 20년 가까운 세월이 흘렀다.

아직 꽤 거리가 있는데도 먼바다로 떠났던 배의 귀환이 마을 사람들 눈에 들어왔다.

그 돛대 위에 걸린 두 개의 기류와 함께…….

그 보고를 받은 마을 사람들이 항구에 모여들어 배의 입항을 기다렸다.
그리고 어선에서는 서비스 차원으로 마일이 바다 마물과 무지갯빛 다랑어, 은백색 연어, 청새치 등등을 갑판 위에 쌓아두었다. ……배가 침몰하지 않는 아슬아슬한 선까지…….
그리고…….
""""""""""만세~! 만세~! 외해 돌격선, 만세~!""""""""""
마을 사람들이 환호성을 내지르는 가운데, 여자들은 배의 입항을 기다리지 못하고 벌써 집으로 돌아가 마을 대잔치 준비에 들어갔다.
바다 마을 사람들은 시력이 좋다. 갑판 위에 산더미처럼 쌓인 사냥감과 풍어기를 보고, 사냥감 중에는 숙적만이 아니라 특상 식용 생선도 대량 포함되어 있음을 알아차렸던 것이다.
선착장에서는 촌장이 뒤늦게 마을 전체 대잔치를 연다고 소리치며 마을 창고에서 술을 내오겠다고 선언했다.
고작 어부를 은퇴한 노인 네 명과 타지에서 온 소녀 네 명.
위험천만한, 너무도 무모했던 먼바다로의 출항.
……심지어 목표로 삼은 사냥감은 일반 생선이 아닌 바다 마물.
자살하러 가는 것이나 다름없는 타지 소녀들 그리고 ……그것과 별반 다르지 않은, 죽을 장소를 찾아 나선 노인들.
누구도 말릴 수 없어 이번 생의 이별을 배웅했건만, 설마 했던 생환, 설마 했던 풍어기.
……그리고 설마 했던 개선기.
촌장 역시 다른 마을 사람들과 마찬가지로 눈물을 줄줄 흘렸다.

*　*

다음 날 아침, 밤새도록 대잔치를 함께 즐기며 지칠 대로 지친 『붉은 맹세』는 거점으로 삼은 항구도시로 떠나려고 했다.

마을 사람들이 당분간 더 머무르라고 강하게 권했지만, 왠지 오늘 밤도 한바탕 잔치가 벌어질 것만 같은 예감에 얼른 떠나기로 한 것이다.

……쉽게 상하는 생선이 대량으로 있으니, 아무도 고기를 잡으러 나가지 않고 다들 소비하려고 노력하는 것도 당연하겠지…….

한편 전우가 된 네 노인에게 마일이 질문을 던졌다.

"괜찮으시겠어요? 기념으로 바다 마물을 남겨두지 않아도……."

"어어. 그렇게 큰 건 통째로 말릴 수도 없으니까. 기념으로 놔두고 싶어도 썩기만 할 테니……."

노인이 조금 아쉽다는 듯 그렇게 대답하자…….

"네? 가능한데요, 마법으로 간단히……."

""""""가능하냐!""""""

그리하여 네 사람에게 각각 한 마리씩, 마법으로 수분을 제거한 바다 마물 건어물……이라고 할까 미라를 만들어준 마일.

말리기 전에 포즈를 다양하게 주문받아서, 장소를 너무 차지하지 않으면서 멋진 모양으로 각각 완성해주었다는 점에서 마일도 참 섬세하다.

그리고 『붉은 맹세』는 마을에서 출발했다.

……노인들과 함께.

"이야, 이것 참 미안하구만. 우리 몫을 도시에 팔자니 들고 가기가 힘들잖아, 상하니까. 이렇게 많은 양이면 상점마다 돌면서 일일이 팔기보다는 살짝 값은 내려가더라도 상업 길드에 몽땅 팔아버리는 게 편하니까, 아가씨들이 상업 길드에서 대신 내주면 고마울 것 같아."

"아하하, 그것도 그렇겠네요~. 어차피 저희도 그 도시로 돌아가고 수고가 늘어나는 것도 아니니까 너무 괘념치 마세요!"

그렇다, 배와 목숨을 잃을지도 몰랐던 이번 위험한 의뢰에서 어부들이 받을 보수는 선금인 금화뿐 아니라 성공 보수로 잡은 사냥감의 절반도 있었던 것이다.

그걸 환금하기 위해 도시로 가져가야 한다면, 수납에 넣은 김에 운반까지 해주는 것에 아무런 문제도 없었다.

그리하여, 항구도시에 가서 무용담을 펼치고 싶어 참을 수 없던 네 노인들은 모두 『붉은 맹세』와 동행하게 되었다.

……뭐, 거금을 가지고 돌아가는 길은 위험하니까 인원은 많은 편이 좋겠지.

노인이라지만 근육빵빵에 작살을 손에 든 흉악한 면상의 남자들을 습격할 간 큰 사람은 그리 많지 않을 것이다.

쿡쿡

다들 생글생글. 아무런 문제도…….

쿡쿡

“뭐예요, 레나 씨! 아까부터 자꾸 등을 찌르고…….”

그렇게 말하며 뒤돌아본 마일의 눈에 비친 것은 왠지 복잡해 보이는 얼굴을 한 레나였다.

“앗, 왜 그러세요?”

그렇게 묻는 마일에게 불쑥 중얼거린 레나.

“……우리, 뭣 때문에 바다 마물을 잡으러 간 건데……?”

“네? 아니, 그건, 으음……, 아 그렇지, 알리 씨한테 인연을 정리할 돈 대신 조금 돈을 벌게 해주자고, 시중에 나온 적이 없는 바다 마물……을…… 한 마리…….”

“““““““…….”””””””

“그런데 이제 어르신들의 몫인 막대한 양의 생선이 상업 길드를 경유해 시장에 나오겠네. 마찬가지로 막대한 양의 바다 마물이랑 같이…….”

“““““““………….”””””””

“““““““………………….”””””””

“““““““다 망했다아아~~!!”””””””

전술적(당장의)인 승리는 거머쥐었으나 전략적으로는 대실패를 거둔 『붉은 맹세』였다…….

특별 단편 **딱 알맞은 상태**

"마일, 너한테 좀 물어보고 싶은 게 있는데……."

"아, 네, 뭔가요?"

이곳, 신대륙에 온 지 며칠 뒤.

왕도로 향하기 전에 정보 수집 겸 튜토리얼.

그리고 지방에서 이름부터 조금 알리자고 생각하고 임시 거점으로 삼은 항구도시.

어쩌다 이 대륙에 닿은 상륙 지점이기도 하지만, 항구도시인 만큼 각지의 정보와 다양한 식재료가 모여든다는 점, 특히 해산물을 기대해봄 직하다는 점 때문에 마일의 요리 실력과 지식을 인정하고 있는 모두 그리고 무엇보다도 마일 본인이 신나서 이 항구도시에 머무르기로 했던 것인데…….

왠지 레나가 마일에게 확인해두고 싶은 게 있는 듯했다.

"……너, 여기서 얼마나 **할** 생각이야?"

"……네?"

레나가 말하는 의미를 몰라서 어리둥절한 마일.

그리고…….

"레, 레나, 무슨 그런! 남사스러워라!"

"그, 그래, 레나! 마일은 우리 중에 제일 어리고, 아직 미성년자이고, 일단은 성실하고, ……그리고 아무리 그래도 혼인하지 않은 귀족 소녀잖아! 그런, 방종한 여자처럼…….”

“……뭐? 지금 무슨 소리를……, 아! 그, 그런 게 아니야! 그런 의미가 아니라고!”

아무래도 폴린과 메비스는 레나의 말을 완전히 착각한 눈치였다.

*　*

“뭐야, 그런 거였어요……? 그럼 그렇다고 말을…….”

“너희가 자기들 마음대로 착각해놓고 그 태도는 좀 아니지 않아?”

““미안합니다…….””

레나의 지적에 순순히 사과하는 폴린과 메비스.

“……그래서, 레나가 마일 짱에게 물어보고 싶었던 게…….”

“응, 마일이 이 대륙에서 **얼마나 일을 저지를 생각인지** 확인하고 싶었어. 마일의 엄청난 마력과 수납마법의 어마어마한 용량. 고룡과의 친분. 마법의 나라에서 온 정령에게 부탁하는 터무니없는 마법. 기타 등등, 지난 대륙 때랑 똑같이 굴었다간 바로 이전과 같은 실수를 반복해 상인이고 귀족이고 왕족들이고 달라붙어서 또 다음 대륙으로 달아날 처지에 놓이게 되지 않겠어?”

“윽…….”

““듣고 보니…….””

레나의 지적에 반론하지 못하고 입을 다무는 마일 그리고 납득한 눈치인 메비스와 폴린.

"그러니까 어디까지 허용하고 어디부터는 자중할지, 그 선을 미리 그어두는 편이 좋지 않을까 싶어서."

"""듣고 보니……."""

그 제안을 받아들일 수밖에 없는 세 사람.

"……이미 살짝 늦어버린 느낌이 안 드는 것도 아니지만."

"""아하하……."""

메비스와 폴린뿐 아니라 마일 본인도 짐작 가는 바가 있는 모양이었다.

"그럼 오랜만에 파티 회의다!"

*　*

"우선 마일의 수납마법은 공개하자. 이게 없으면 너무 불편하고, 사냥감을 못 가지고 돌아가니까 돈을 벌 수가 없어. ……또 이미 노출되기도 했고."

끄덕끄덕

"마법 나라의 요정이나 마일이 사자님이라는 사실은 극비. 절대 지켜."

끄덕끄덕

"구대륙에서 있었던 일도 극비. ……고룡한테는 말해버렸지만, 고룡이 그런 이야기를 굳이 인간들에게 알려줄 리는 없으니 걱정할 필요 없어. 아, 물론 고룡에 연줄이 있다는 것도 비밀이야. 고룡과의 관계는 이번에 일하다가 우연히 마주쳤을 뿐 일회성인 걸로! 알겠지?!"

끄덕끄덕

"뭐, 여기까지는 굳이 상의할 것도 없는 기정 노선이고. 문제는 지금부터야. 우선 우리는『B등급 승격이 목표인 C등급 상위 실력의 신진기예 청년 파티』인 걸로 해. ……뭐, 실제로 그런 입장이긴 하지만. 그럼 어떤 의뢰든 받을 수 있고, 의뢰인과 다른 헌터들이 얕잡아볼 일도 없어. 그리고 예전 대륙에서의 등급과 작위, 토벌 실적 등은 일절 말하지 않을 것. 알겠지?"

끄덕끄덕끄덕…….

"그리고 돈에 관해서 말인데……. 우리, 그렇게 돈에 쪼들리진 않잖아. 그야 마일 말고는 옛날에 번 수입 대부분을 영지 저택에 두고 와버리긴 했지만, 처음부터 다시 시작해도 많이 벌 수 있으니까, 우리……. 뭐, 그건 거의 마일의 수납마법 덕분이지만……."

그렇다. 단지 강하기만 하다고 쉽게 돈을 벌 수 있는 것은 아니다.

물론 강하면 고액 보수 의뢰를 받을 수 있지만, 그건 곧 위험하고 곤란한 의뢰라는 뜻이고 중상을 입거나 목숨을 잃을 확률이 높다는 뜻이다.『붉은 맹세』가 하는, 오크를 통째로 가지고 돌아가는 비교적 안전하면서 돈이 되는 일들이 아니다.

"그러니까 너무 돈에 연연하지 말고……."

"반대합니다!"

레나의 말을 뚝 끊는 폴린.

"아니 폴린, 너도 이제 상회 세워서 돈을 벌어들이고 있잖아……. 네가 없어도 가게를 대신 맡은 총지배인이랑 영지 경영을 도맡은 대관의 능력이 좋아서 영지 자산도 그렇고 너의 개인 자산도 그렇고 점점 불어나고 있다며. 새삼스럽게, 상회 수입에 비하면 별것도 아닌 헌터 수입에 그렇게 정색할 필요가……."

"아뇨! 그렇게 하면 일이랑 돈과 관련해 일반 헌터답지 않은 말과 행동이 나와버려요! 그런 부자연스러운 모습이 남의 의심을 불러오게 되고, 저희가 금전 감각 없는 바보, 이용해서 착취할 수 있는 봉이라는 인식을 심어주며, 그건 인간관계에도 저희의 안전에도 악영향을 미칩니다!"

"……일리 있네……."

"그러네요……. 납득이 가는 이유예요……."

폴린의 주장에 이해를 드러내는 메비스와 마일.

"그리고 진지하게 임하지 않는, 슬렁슬렁 하는 게임 따위는 재미고 뭐고 하나도 없잖아요!"

그리고 계속 이어지는 폴린의 노도와 같은 열변.

"으~음, 하긴……. 그럼 돈과 관련해서는 일반 C등급 헌터의 느낌으로 갈까요? 초심으로 돌아가서 헌터 양성 학교를 졸업하고 반년 뒤 정도의 금전 감각으로……. 단, 우리가 마일의 수납마법으로 돈을 벌고 있다는 사실은 모두 잘 알고 있으니까, 너무 꼴사나운 행동이나 수전노 같은 짓을 하지 말고, 숙소도 그럭저럭 무난한 데로 잡고, 어린 여성 파티로서의 품위는 지키는 걸로……."

""""이의 없음!!""""

폴린도 지금은 헌터 양성 학교를 졸업한 그때처럼 시키면 수전노 같은 상태는 아니었다. 그래도 반년간 『백작님』 생활과 귀족 교육을 받았기에…….

그래서 안전과 쾌적함을 위해 다소 비용을 지불하는 것은 용인할 모양인지, 뒷골목 싸구려 여인숙 같은 데서 묵자고 주장하는 일은 사라졌다.

아니, 『붉은 맹세』라면 벼룩이나 진드기야 마법으로 어떻게든 처리할 수 있고 인간 **진드기**…… 괘씸한 자들도 일축할 수 있겠지만, 숙소에서마저 살벌한 시간을 보내고 싶지는 않겠지…….

"……그리고 마일 짱은 하늘 나는 거 금지해야죠……."

"헉~……."

폴린의 제안에 불만스러워하는 마일.

그리고…….

"다른 사람을 날리는 것도 금지!!"

과거의 어떤 트라우마가 되살아났는지 레나가 조건을 추가했다.

"으에에에엑……."

한층 불만스러운 얼굴이 되어 볼을 부풀리는 마일.

"자자……. 『남이 보고 있을 때』에 한하면 되지 않을까?"

메비스의 개입으로 겨우 진정되었다.

……하지만 마일은 『그럼 불가시 필드를 쓰면 언제든 괜찮겠네요』 하는 생각을 하고 있을 게 틀림없었다.

"그리고 네 명 중 두 명이 수납마법을 쓴다는 건 많이 위험하니까 메비스는 남들 보는 앞에서 수납 쓰는 거 금지야."
"으헤에에에엑!"
"아니, 그야 당연하잖아요."
"네, 확률론적으로 말이 안 되고, 분명『한 파티에 수납 구사자가 둘이나 있다니, 가진 보석을 그냥 썩히는 격!』이라거나『무용지물의 극치!』라면서 둘 중 하나를 빼가려고 할 게 틀림없어요. 잘못하면 길드나 영주님이 개입할 수도 있고……."
경악해서 소리치는 메비스를 폴린과 마일이 재차 타격했다.
"……뭐, 그렇게 나오면 다른 마을, 다른 영지 그리고 다른 나라로 이동하겠지만 말이야. 남의 사정과 의도 때문에 우리『붉은 맹세』가 멤버를 내줄 리는 없지. 우리는 우리의 사정과 의도에 따라 행동하는 거야. 생판 모르는 남 따위 우리 알 바 아니라고!"
""""그렇죠~!!""""
협박과 강요는 상대에게 약점이 있을 때야 비로소 성립하는 법이다. 가족이라든지 친족이라든지 소중한 친구라든지 자신들의 안위라든지…….
하지만『붉은 맹세』는 이 마을과 국가는 고사하고 이 대륙 전역에 가족도 친족도 친구도 없었다.
그리고 자신들의 안위를 신경 쓰는 사람이 아무도 없었다.
……『무적』인 것이다. 입장으로 봐도 실력으로 봐도…….
"뭐, 안 들키면 그만이니까 주위에 사람이 없을 때, 그러니까 우리만 있는 숙소라든지 일하러 간 숲속, 앞뒤로 사람이 없는 이동

중의 길이라든지에서는 딱히 써도 상관없어. ……하지만 누가 목격하게 된다면 그 사람의 **입을 막아야 하니까** 조심해야 해?"

"윽, 입을 막아?"

"그래, 입을 막아……."

메비스와 레나가 진지한 눈으로 서로를 바라보고 있는데…….

"키스 같은 걸로 막나요?"

""그럴 리가 있겠니이이이~~~!!""

마일의 멍청한 소리에 화음을 넣어 따지는 레나와 메비스.

"아니, 상대가 여성일 경우 메비스라면 그것도 먹힐……."

"시끄러!"

폴린의 지적에 소리를 빽 지르는 메비스.

천하의 메비스도 화낼 때가 있는 듯하다.

그리고 레나가 말하는 『입을 막는다』란 물론 상대를 죽이자는 살벌한 의미가 아니라 그냥 단순히 『떠벌리지 말라고 부탁하고 설득하자』는 것이었다.

……거대한 파이어 볼이나 폭렬마법 같은 걸 머리 위에 띄우고 홀드한 상태에서…….

"아무튼 그렇게 천천히 가보자고, 천천히……."

""""하앗!!""""

레나의 말에 오른팔을 쳐들고 입을 모아 소리치는 세 사람.

……그리고 자신 이외에 모두가 『언제까지 유지할 수 있을까. 이 대륙에서의 평온한 생활……』 하고 생각하는 줄은 꿈에도 모른 채 즐겁게 웃고 있는 마일이었다…….

작가 후기

여러분, 오랜만에 인사드립니다. FUNA예요.

능균치도 이것으로 18권. 20권 대가 보이기 시작하네요…….

그리고 3월 10일에는 능균치 리부트 코믹스 3권이 발매됩니다!

소설도 만화도 잘 부탁드립니다!

무사히 C등급이 되어 마침내 신대륙에서 통상 의뢰를 받기 시작한 『붉은 맹세』.

제일 처음 받은 『미결 의뢰』에서 복실이를 알게 되고 이 대륙의 고룡과 알게 되고 ……그리고 이상한 소녀와 알게 됩니다.

빨리 끊어내, 그딴 녀석은…….

하지만 뭐, 거기서 『왠지 재미있을 것 같으니까』라면서 얽혀버리는 것이 바로 『붉은 맹세』지요…….

고룡 잘름: 『실바가 빨리 돌아오라고……. 뭣하면 정부인으로 삼아줄 수도 있다면서…….』

마일: "시끄러워욧!"

어촌 노인네: "제2차 외해 돌격선을……."

마일: "연례행사로 만들 생각이냐고요!"

메비스: "아니, 그야 그러고 싶겠지. 가족과 동료의 적을 잡는 데다가 대어가 확실하니까……."

왕도를 목표로 출발하는 건 언제가 될까.
그리고 『원더 쓰리』와의 재회는 언제쯤…….

그리고 다른 출판사 이야기를 해서 죄송하지만, 이 책을 서점에서 사실 때 살짝 주위를 둘러봐 주세요.
……없습니까?
졸작, 『노후를 대비해 이세계에서 금화 8만 개를 모읍니다』 8권과 『포션빨로 연명합니다!』 9권이.
그리고 그 띠지에…….
네, 2019년 가을에 애니메이션으로 나온 본작 『저, 능력은 평균치로 해달라고 말했잖아요!』에 이어 나머지 졸작 두 작품도 애니메이션화!
세 작품을 썼는데 전부 서적화에 만화화, ……그리고 애니메이션까지.
3타수 3홈런이라는 경이로운 타율!
이것도 다 독자 여러분 덕분입니다. 정말 감사드립니다!

연재 시작이 제일 늦었던 이 작품이 제일 먼저 서적화, 만화화, 애니메이션화가 되었는데, 다른 두 작품도 그 뒤를 잇게 되어서 정말 기쁘네요.
제 작품이 하나도 빠짐없이 어깨를 나란히 하고 골인이라니.
작가로서 이보다 더한 행복이 또 있을까…….

폴린: "아직 게임화가 남았는데요."
레나: "극장판은?"
메비스: "『노후금』은 신주쿠 발트9에서 선행 상영되지 않았던가?"
레나: "아, 그러네……. 아, 하지만 그게 극장에서 상영하긴 했어도 『극장판』은 아니잖아!"
마일: "그리고 헐리우드 실사 영화화가 있죠!"
레나 · 메비스 · 폴린: """"그건 그만두자!!!""""

소설, 코믹스 그리고 애니메이션까지 『12~13세로 보이는 자그마한 소녀 3부작』, 계속해서 잘 부탁드립니다!

마지막으로 일러스트레이터 아카타 이츠키 님, 책 디자이너 야마카미 요이치 님, 담당 편집자님, 교정교열 및 인쇄, 제본, 유통, 서점 등에 종사하시는 관계자 여러분, 그리고 이 작품을 읽어주신 독자 여러분께 진심으로 감사드립니다.

그럼 다음 권에서 다시 만날 수 있다고 믿으며…….

신·구대륙의
길드 접수원.
대륙이 달라서
디자인 언어를
확 바꾸려고
하다가……
마음을 바꿔
먹었어요……
역시 보기
쉬운 게…
최고…
맞죠?

후기 같은
무언가
亜方逸樹
*아카타 이츠키

저, 능력은 평균치로 해달라고 말했잖아요! 18

2023년 10월 15일 1판 1쇄 발행

저 자 FUNA
일러스트 아카타 이츠키
옮 긴 이 조민정
발 행 인 유재옥
본 부 장 조병권
편 집 1 팀 박광윤
편 집 2 팀 박치우 정영길 정지원 조찬희
편 집 3 팀 오준영 이소의 이해빈
편 집 4 팀 박소영 전태영
라이츠담당 김정미 맹미영 이윤서
디 지 털 김지연 박상섭 윤희진
미 술 김보라 박민솔
발 행 처 ㈜소미미디어
인쇄제작처 ㈜코리아피엔피
등 록 제2015-000008호
주 소 서울시 마포구 토정로222, 403호 (신수동, 한국출판콘텐츠센터)
판 매 ㈜소미미디어
마 케 팅 박수진 최원석 최정연
영 업 박종욱
물 류 백철기 허석용
전 화 (02)567-3388, Fax (02)322-7665

ISBN 979-11-384-8046-8
ISBN 979-11-6611-317-8 (세트)